꿈꾸는
역
분실물
센터

세상에서 잊힌
이야기가 닿는
분실물센터의 신비한 7일

꿈꾸는 역 분실물 센터

안도 미키에 지음 ― 최수진 옮김

物 나들목

차례

월요일

m o n - d a y

겨울의 양지

──────   내가 무언가 또 혼잣말을 한 모양이다. 앞
에 앉아 있는 할머니가 흠칫 놀란 얼굴로 이쪽을 바라보고
있었다.

전철에는 승객이 별로 없어서, 4인이 앉는 이 좌석에는 이
제 할머니와 내가 남아 있을 뿐이다.

어린아이라면 귀여울지도 모르지만, 나 같은 중학생이 뭔
가를 중얼거리고 있다면 분명히 이상해 보였을 것이다. 창피
한 마음에 전철 창문 쪽으로 고개를 돌렸다.

밖은 벌써 해질 녘이다.

산기슭에 듬성듬성 자리잡은 인가의 불빛이 깜박깜박 켜
지기 시작한다.

나를 부르는 소리에 차 내로 눈길을 돌렸다.

앞에 있는 할머니가 "분실물센터에 가 보는 게 좋을 것 같구나" 하고 말했다.

"……분실물센터."

'분실물센터'는 묘한 말이다. 혀가 매끄럽게 움직이지 않는다. 마치 작은 돌 같은 것이 입안에서 데굴데굴 구르며 방해하고 있는 것 같다.

"잃어버린 물건은 그곳으로 보낸대."

그래서 떠올랐다. 혼잣말이 무엇이었는지를.

나는 분명히 '잃어버렸어'라고 중얼거렸던 것이다.

좌석 아래쪽에서 아직도 그 말 한 조각이 정처 없이 떠돌고 있는 것 같다.

"얘야, 분실물센터에 가 보거라."

할머니가 재차 말하기에 "네"라고만 대답했다. 처음 보는 사람과 대화를 나누는 건 그다지 익숙하지 않다.

"분실물센터라는 게 어느 역에나 있는 건 아니지만, 다음 역엔 틀림없이 있단다."

다음 역이라는 건 내가 내리는 유메미노 역이다.

유메미노는 산 건너편에 있는 작은 마을이다.

그렇게 먼 곳도 아닌데 역 앞은 한산하고 쓸쓸하다. 산에 가로막혀 있어 승객 대부분이 바로 전 역에서 내려 버리기 때문일 것이다.

아버지 직장 때문에 바닷가 마을에서 이쪽으로 이사 온 지 이제 3개월이 다 되어 간다.

전에 다니던 중학교에는 올봄에 막 입학했었다. 어렵게 합격했는데 1년도 지나지 않아 전학시킬 수는 없다는 이유로 처음에는 아버지만 단신 부임하기로 결정했던 모양이다.

하지만 나는 아버지 어머니와 함께 살고 싶었다.

목표로 했던 중학교였지만 학교가 즐겁다고 느낀 적은 별로 없었다. 학급에도, 동아리 활동에도 마음을 붙이지 못했고, 친구들도 생기지 않았다. 그래서 전학해야 한다는 데 저항감이 없었다. 하지만 실제로 여기 와 보니 상상했던 것 이상으로 불편해서 처음에는 실망이 컸다.

그러나 나는 실망하는 데엔 익숙해져 있다. 게다가 회복하는 법도 알고 있다. 간단하다. 그 이상을 바라지 않으면 된다. 애당초 희망하지 않으면 실망할 일도 없으니까.

덕분에 새로 다니기 시작한 중학교도 특별히 나쁜 것 같지 않고, 쓸쓸한 이 마을 분위기도 내게 어울리는 것처럼 느껴지기까지 한다. 조금은 긴 통학 시간도 괴롭지 않다. 오히려 조용한 분위기의 이 전철을 독차지할 수 있어 일종의 사치를 부리는 것 같다.

나는 이 작은 마을의 역에 '분실물센터' 같은 것이 있었나 하고 고개를 갸웃거렸다. 하지만 "찾아볼게요, 분실물센터"

하고 할머니에게 약속을 해 버렸다.

'분실물센터'를 한번 능숙하게 말해 보고 싶었을 뿐인지도 모른다. 실제로 혀를 깨물지 않도록 조심하면서 발음하기란 꽤 흥미로운 일이었다. '분식물센터'나 '붕싯물센터'라고 말할 뻔하기도 했다. 왠지 기분이 유쾌해졌다.

"그곳에서 꼭 찾을 수 있을 거야."

할머니의 말에 나는 고개를 끄덕였다.

산에 몸을 부딪치듯이 전철은 터널로 진입했다.

낡은 벽돌로 된 벽이 차창으로 다가오면 항상 몸을 약간 뒤로 빼게 된다.

어둠침침한 터널 속에 무언가 숨어 있을 것 같은 기분이 들어 가슴이 좀 두근거리기도 한다. 오늘은 보이지 않아야 할 것을 보게 되고 마는 것은 아닐까.

하지만 안타깝게도 그리 긴 터널은 아니다. 이런저런 상상의 날개를 펼칠 틈도 없이 빠져나와 버린다.

터널을 지나 아래쪽에 느긋하게 흐르는 강물이 보이기 시작했다.

유메미노 역에 거의 다 왔다.

나는 의자에서 일어섰다.

할머니는 고개를 들더니 "찾든 못 찾든 씩씩하게 살아가야 해." 하고 묘한 말을 했다.

내게 있어 타인은 언제나 조금 묘하다.

"네."

인사를 하고 전철에서 내렸다.

플랫폼에 서서 할머니 쪽을 돌아보았지만, 어찌 된 일인지 시야에서 놓쳐 버려 더 이상 모습을 찾을 수 없었다.

하나둘 내리는 사람들에 섞여 개찰구를 지났다.

역무원은 창구 맞은편에 서 있다. 가끔씩 승차권의 목적지를 지나쳐 온 사람이 있으면 비밀 이야기라도 하듯이 목소리를 낮춰 소곤소곤 말을 주고받는다.

'분실물센터, 분실물센터……' 하고 중얼거리면서 나는 휑한 역사를 빙 둘러보았다.

예전에는 산에서 어떤 광석을 채굴하느라 북적였던 시대도 있었다고 한다. 그래서인지 역사는 낡았지만 견고하게 지어졌다고 들었다.

역 대합실을 나와서 두리번두리번 주위를 둘러보니 자동판매기 안쪽으로 뻗어 있는 긴 통로가 눈에 들어왔다. 한쪽은 역사 벽으로, 또 한쪽은 돌담으로 둘러싸인, 두 건물을 잇는 복도처럼 생긴 통로였다.

그곳은 일반인이 출입해서는 안 되는 장소인 것 같아 곁눈질로 훔쳐보았다. 그러나 만일 이 역에 '분실물센터'가 있다고 한다면, 그곳밖엔 있을 곳이 더 없었다.

나는 그 좁은 통로 안쪽을 향해 걸음을 옮겼다.

겨울 공기 탓일까, 건물 구조 탓일까. 내 발소리가 몹시 크게 울린다.

탁, 탁, 탁, 탁 하는 단조로운 소리가 왠지 재미없어서 일부러 리듬을 흩뜨려 걸어 본다. 탁, 타악, 타탁. 그러자 이번에는 그것이 어떤 암호처럼 들려온다. 누군가 전하고 싶은 사연을 내 발소리에 실어 보내고 있는 건 아닐까. 이 세상에는 많은 의미가 숨겨져 있고 그것을 다양한 리듬을 통해 이해할 수 있을지도 모른다…… 그런 묘한 생각을 하곤 한다.

그러나 생각만 할 뿐 입에 담지는 않는다. 무심코 그런 말을 해 버린 다음엔 번번이 친구들의 싸늘한 비웃음을 사곤 했으니까.

통로 중간쯤에 누에콩 만한 크기의 작은 돌이 떨어져 있다. 그것을 아무 생각 없이 발로 차면서 걸었다. 작은 돌은 마치 안내라도 하듯 내 발끝에서 똑바로 굴러가더니 막다른 문 바로 앞에서 멈췄다.

올려다보니 문 위에는 진녹색 판자에 흰 페인트로 '분실물센터'라고 쓰인 간판이 걸려 있었다.

역사의 맨 안쪽 구석이라 그런지 주위에는 아무도 없다.

문을 노크해 보았다.

대답이 없었다.

이번에는 둥근 손잡이에 손을 대 보았다. 선뜩한 놋쇠 재질이다.

처음엔 금색이었던 것이 지금은 칠이 벗겨져 얼룩덜룩하다. 군데군데 우그러진 곳도 있다.

셀 수 없을 만큼 많은 사람들이 이 손잡이를 쥐었겠지. 자기도 모르게 조금씩 칠을 벗겨 내고 손바닥에 금색 가루를 살짝 묻힌 채 돌아갔을 것이다.

손잡이를 돌려 보았다.

찰칵, 금속의 명쾌한 울림이 들려온다.

정교하게 짜 맞춘 장치가 분리되는 소리였다.

문을 열고 안으로 발을 들여놓았다.

의외로 넓은 방이었다.

안은 따뜻하다. 구석에 있는 석유난로가 울타리 안에서 벌겋게 타오르고, 위에 올려놓은 주전자가 김을 내뿜고 있었다. 그 옆에는 검은 가죽을 두른 소파도 있다.

정면에 접수처가 있고 '분실물센터'라고 쓰인 목제 삼각뿔이 놓여 있다.

나는 머뭇머뭇 그곳으로 향했다.

카운터 위에는 젖빛 유리로 된 칸막이가 있고, 얼굴이 위치하는 부분에 작은 구멍이 송송 뚫린 플라스틱 창이 끼워져 있다.

그런데 유리도 플라스틱도 반투명이라서 상대편을 볼 수
는 없다.

"실례합니다."

허리를 구부리고 주뼛주뼛 말을 걸었다.

유리 아래쪽에 길고 가느다란 모양의 틈새가 있다. 그 틈
에서 종이와 잉크 냄새가 희미하게 새어나오는 것 같다.

"실례합니다."

좀 더 큰 소리를 냈다.

이번에는 안에서 소리가 났다. 아마 접수 직원이 기척을
듣고 일어섰을 것이다.

"네" 하고 대답하더니 "무언가 찾는 것이 있으십니까?" 하
고 물었다.

젊은 남자의 온화하고 맑은 목소리였다.

"네."

나는 안심하고 그곳에 놓여 있는 둥근 의자를 끌어당겼
다. 붉은 우단이 압정으로 고정되어 있고 가운데가 닳아 색
이 바래어 있었다.

"무엇을 잃어버리셨습니까?"

질문을 받으니 말문이 막혔다.

"저어……."

뭐라고 대답해야 할지 갑자기 아무런 생각도 떠오르지 않

왔다.

"저…… 잘 모르겠어요."

분실물센터 직원은 잠시 침묵하다 말을 꺼냈다.

"무엇을 잃어버렸는지 모르는 것을 잃어버렸습니까?"

"…… 아니오."

"그럼 알고 있습니까?"

"어느 순간 정신을 차려 보니 잃어버린 상태였어요. 그런데 잃어버린 것이 무엇이었는지 지금은 잘 모르겠어요."

그렇다. 수중에 있던 것을 어느 순간 잃어버렸다. 꾸벅꾸벅 졸아서는 안 되었던 것이다.

"기억이 나지 않는다는 거죠?"

정말 어떻게 된 걸까. 잃어버린 사실만 알고, 무엇을 잃어버렸는지를 기억하지 못하다니.

"그럼 같이 찾아보지요. 어떤 것이었는지 열심히 기억을 더듬어 보세요."

접수 직원이 그렇게 말해 주었다.

유리 건너편에서 탁, 탁, 소리가 난다. 아마도 볼펜이나 뭔가 필기구를 꺼내고 있을 것이다.

"그럼 질문하겠습니다. 크기는 어느 정도였지요?"

"크기도 했고 작기도 했어요."

크기도 하고 작기도 했다, 라고 접수 직원이 중얼거리는 소리가 들렸다.

"그럼 다음으로, 감촉은 어땠지요?"

"부드럽기도 하고 거칠거칠하기도 했어요."

"그럼 무게는요?"

질문에 대답하기 전에 접수 직원이 대신 말했다.

"당연히 무겁기도 하고 가볍기도 했겠지요?"

"아, 네. 맞아요, 맞아요."

그것을 들고 있으면 기분이 매우 좋아지고 마음이 가벼워 졌다. 그러나 때로는 무거워지기도 했다. 무겁기도 하고 가볍 기도 하고, 그 종류에 따라 달랐던 것 같다.

"형식적 질문입니다만, 위험한 것은 아니겠지요?"

"대체로 아주 안전해요."

라고 말한 다음 말을 이었다.

"하지만 어떻게 다루느냐에 따라 위험한 부분도 있었던 것 같아요."

점점 기억이 떠오르기 시작했다. 나한테는 소중한 것, 크 고 작고 부드럽고 거칠거칠하고 무겁고 가볍고 때로는 위험 한 것……

"저어, 조금씩 생각나기 시작했어요."

"아아, 잘됐군요."

"그런데 뭐라고 해야 할까……"

"왜 그러시죠?"

접수 직원이 염려스러운 듯이 "뭔데 그러세요?" 하고 물어오기에 눈 딱 감고 대답했다.

"…… 이야기, 였어요."

나는 호소했다. 플라스틱 판자 구멍을 향해.

"이야기를 잃어버렸어요. 어딘가에 흘렸는지도 몰라요. 아니면 잠깐 졸고 있을 때 달아나 버렸는지도 몰라요."

접수 직원이 한숨을 쉬는 소리가 들렸다.

기가 막혔을 것이다. 당연하다. 이야기를 잃어버리다니.

그렇다.

이야기를 잃어버리다니 당치도 않은 일이다.

이야기를 붙잡았으면 당장 쐐기를 박아 어디에도 가지 못하도록 해야 했다. 손안에 들어온 순간 방심하여 깜박 졸거나 해서는 안 되었다.

나는 어깨를 축 늘어뜨렸다.

그리고 이야기를 찾아내는 것은 포기하고 이제 그만 돌아가자, 생각하고 엉거주춤 일어섰다.

그때였다. 접수 직원이 말했다.

"그랬군요. 오랫동안 꼼짝 않고 기다린 끝에 겨우 붙잡은 이야기였겠지요."

당황하여 다시 의자에 앉았다.

"네. 숨을 죽이고 기다리고 있었어요. 신경이 온통 그쪽에 쏠려 있는데도 짐짓 모르는 척하면서요. 그랬더니 조용히 찾아왔어요, 그쪽에서. 그걸 붙잡은 거예요. 붙잡았다고 생각했어요."

젖빛 유리 건너편에서 접수 직원이 일어섰다는 것을 알았다. 끼익 의자 끄는 소리가 이어지고 발소리가 들린다. 부드러운 소리였기 때문에 구두가 아닌 슬리퍼 같은 것을 신고 있으리라고 추측했다.

잠시 후 다시 의자로 돌아온 기척이 나더니, 이어서 책상 위에 뭔가 무거운 것을 올려놓는 듯 쿵, 하는 소리가 이쪽 카운터까지 들려왔다.

나는 몸을 구부리고 작은 틈으로 몰래 들여다보았다.

접수 직원의 나무 책상이 보인다. 그 위에 뭔가 책 같은 것이 놓여 있었다.

천으로 씌워진 낡은 표지는 적포도주 비슷한 색이다.

퇴색한 금색 글자가 쓰여 있다.

실눈을 뜨고 읽어 보았다.

'습득물 대장(拾得物臺帳)'으로 읽혔다.

아니, 틀렸다.

'물(物)'이 아니라 '담(談 : 이야기)'이다.

'습득담 대장'이었다.

정확히 말하면, 책이라기보다는 서류철이라고 해야 할까, 안쪽 종이는 파란 끈으로 묶여 있는 것처럼 보인다.

누군가 주워서 가져다 준 이야기들이 묶여 있는 것이라고 짐작했다.

기대감에 가슴이 두근거렸다. 나의 잃어버린 이야기도 그 속에 들어 있음에 틀림없다.

접수 직원의 말은 예상대로였다.

"습득한 이야기는 전부 여기 보관되어 있습니다."

나는 의자에 똑바로 앉아 고개를 끄덕였다.

펄럭펄럭, 종이를 넘기는 소리가 들린다.

"질문에 대답해 주세요. 잃어버린 이야기는 어떤 종류였습니까?"

"짧은 이야기였던 것 같아요."

"네, 짧은 이야기요."

접수 직원은 '이야기, 이야기……' 하고 노래하듯이 흥얼거리고 있다. '이 접수 직원 역시 이야기를 좋아하는 게 아닐까' 하고 예상했다.

"그 이야기의 주인공은 사람인가요?"

"네, 사람이었던 것 같아요."

이번에는 종이와 필기구를 만지는 기척이 들린다. 또 살며시 엿보았다.

검은 만년필이었다. 금색 펜촉이 반짝반짝 빛나고 있다. 만년필을 쥔 손도 보였다. 남자치고는 가늘고 예쁜 손가락이다. 그리고 손톱이 가지런히 짧게 깎여 있었다.

"그 사람은 남자인가요?"

나는 당황하여 몸을 떼었다.

"저기, 아니오. 여자아이였어요."

"주인공 외에 등장하는 인간이라든가 또는 동물이라든가, 뭐 기억나는 게 있으세요?"

나는 볼에 손을 대고 잠시 생각해 보았다. 뭔가 걸리는 게 있는 것 같았기 때문이다. 그게 무엇인지 곰곰이 생각했다.

"돌…… 돌인 것 같아요."

나의 엉뚱한 말에도 접수 직원은 동요하지 않았다.

"네. 돌이 나오는 이야기군요."

왠지 돌 이야기가 틀림없다는 확신이 들었다. 나는 고개를 힘차게 끄덕였다.

'인간, 여자, 돌' 하고 중얼거리면서 파일을 넘기며 찾고 있는 것 같다.

"아아, 있습니다. 손님이 잃어버린 이야기는 이게 아닐까요?"

"어떤 거요?"

"이런 이야기입니다."

분실물센터 직원은 탁, 소리를 냈다. 장부를 읽기 쉽도록 세웠을 것이다. 그러고 나서 작게 기침을 했다. 목을 가다듬고 있는 것 같다. 나는 꼼꼼한 준비에 살짝 감탄하며 가방을 무릎 위에 바르게 놓고 의자 위에서 자세를 고쳐 앉았다.

준비는 되었다.

분실물센터 직원은 나를 향해 이야기를 읽기 시작했다.

겨 울 의   양 지

아야는 양손에 올려놓은 것을 할아버지에게 보여 주었습니다.

작은 손 위에 있는 것은 아야의 주먹 절반 정도 크기의 돌멩이입니다.

희고 반들반들해서 햇빛을 받으면 군데군데 반짝반짝 빛이 납니다.

"미이와 피피에게 줄 꽃을 찾는데, 꽃 밑에 있었어요. 거기서 아야를 가만히 쳐다보고 있었어요."

미이는 커다란 삼색 얼룩고양이였습니다. 다섯 살인 아야와 같은 나이가 될 때까지밖에 살지 못했습니다.

피피는 카나리아입니다. 미이에게 목숨을 위협받으면서도 매우 즐겁게 노래를 불렀습니다.

지금은 둘이 나란히 뒤쪽 강변에 잠들어 있습니다.

미이가 먼저 병에 걸리고 피피도 미이의 뒤를 따르듯이 죽었습니다.

"아야를 보고 있었어요. 그래서 얘를 데려왔어요."

할아버지는 돌을 가만히 쥐고 말했습니다.

"호오, 눈동자처럼 검은 얼룩이 있구나. 게다가 여기 우묵한 곳은 보조개랑 닮았는걸."

"우린 친구예요. 이시코라고 해요."

겨울 햇빛은 마당 가득히 금색 종이를 뿌립니다.

아야는 눈이 부셔서 할아버지의 스웨터에 얼굴을 묻습니다.

할아버지의 스웨터에서는 파스와 햇볕 냄새가 납니다.

이시코는 아야의 양손 안에서 따뜻해지고 있습니다.

아야는 여러 가지 물건을 잘 주워 오는 아이입니다.

주머니에는 늘 무언가가 들어 있습니다.

그래서 엄마는 아야의 옷을 세탁할 때 조금도 방심할 수 없습니다.

엄마의 블라우스를 도토리나 잎사귀나 유리 조각 같은 것들과 같이 빨아 버릴 수도 있기 때문입니다.

하지만 이시코만은 주워 담는 것으로 끝이 아니었습니다.

이시코와는 언제나 함께입니다.

"이시코, 밥 먹자."

바슬바슬한 모래를 수저에 담아 이시코에게 먹입니다.

"이시코, 목욕하자."

깨끗하게 씻기고 따뜻한 물에 담갔다가 부드러운 수건으로 닦아 줍니다.

이시코는 아야가 말을 걸면 잠시 가만히 생각합니다. 그러고 나서 으레 '응' 하고 대답하는 것이 아야에게는 들립니다.

"있잖아, 이시코, 저 꽃 갖고 싶어?"

"……응."

아야는 작고 노란 꽃 한 송이를 꺾어 이시코에게 달아 줍니다.

작은 꽃은 이시코에게 아주 잘 어울립니다.

"이시코, 아야한테 옛날이야기 해 줘."

"……응."

이시코는 아주 먼 옛날이야기를 아야에게 해 줍니다.

물론 그것은 아야에게만 들립니다.

"할아버지, 이시코는 항상 아야한테 '응'이라고 말해요."

"돌은 대부분 '응'이라고 하지. 큰 돌은 '우웅' 한단다."

할아버지는 그렇게 대답해 줍니다.

엄마는 이시코가 와 준 덕분에 아야가 미이와 피피를 겨우 잊을 수 있게 된 것 같아서 안심했습니다.

하지만 이시코는 돌입니다. 들고 다니는 것은 좀 위험해 보이기도 합니다.

"아야, 좀 더 작은 이시코로 바꿔 볼래?"

"안 돼요. 이시코는 이 이시코뿐이에요."

엄마는 무언가 문득 생각난 얼굴입니다.

재봉틀을 꺼내더니 들들, 재봉질을 시작했습니다.

아야도 장난감 재봉틀을 들들들.

"자, 아야, 다 만들었어. 봉제 인형이야."

엄마가 만든 것은 푹신푹신한 이시코입니다.

"진짜 이시코는 잘 넣어 두고, 이쪽 이시코를 데리고 다니는 게 어떨까?"

돌 모양의 인형은 통통 굴러갑니다. 그 모습이 솜사탕처럼 보이기도 하고 눈을 뭉쳐 만든 토끼처럼도 보였습니다.

그런데 아야는 시치미를 뗀 채 장난감 재봉틀로 열심히 무언가를 만듭니다.

"봐, 이시코. 옷이 다 됐어."

아야와 이시코만 볼 수 있는 옷입니다.

이제 엄마도 포기할 수밖에 없습니다.

가끔 아야가 혼자 있으면 엄마는 이렇게 물어봅니다.

"이시코하고 싸우기라도 했니?"

아빠도 퇴근 후 이렇게 묻습니다.

"이시코는 벌써 잠들었니?"

이시코가 아야네로 온 지 얼마나 지났을까요.

할아버지는 요즘 마당으로 잘 나오지 않습니다.

더 이상 꽃을 돌보지도 않습니다.

몸이 좋지 않기 때문입니다. 늘 툇마루에서 아야를 지켜볼 뿐입니다.

아야는 마당에서 놀고 있습니다.

이시코와 가위바위보를 합니다.

놀다가도 아야는 가끔씩 툇마루를 돌아봅니다.

그리고 할아버지가 있는 것을 확인하고 나서 안심하고 다시 놉니다.

햇빛이 강해질수록 그림자는 또렷해집니다.

할아버지의 발밑에도 길고 검은 그림자가 엎드려 있습니다.

"안 내면 진다, 가위바위보!"

이시코는 온몸으로 주먹을 냅니다.

주먹밖에 낼 수 없습니다.

비겼습니다.

"안 내면 진다, 가위바위보!"

아야는 팔다리를 펴고 뛰어오르며 온몸으로 보를 냅니다.

이때 이시코가 아야의 손에서 떨어지고 말았습니다.

이시코는 흰 새가 된 것처럼 튀어 오릅니다.

한순간 하늘을 향하다가 바로 떨어졌습니다.

딱.

이시코는 맑은 소리를 내면서 징검돌에 부딪친 뒤 맥없이 두 동강이 나고 말았습니다.

아야는 아기 인형처럼 보를 낸 채 잠시 서 있다가 할아버지에게 달려가 안겼습니다.

"할아버지, 이시코가 죽었어요."

할아버지의 스웨터에 코를 박고 비빕니다.

이시코까지 죽고 말았다!

아야는 주먹 쥔 손으로 눈물을 훔쳤습니다.

이시코는 미이처럼 병에 걸리거나 피피처럼 나이를 먹지 않을 거라고 안심했는데…….

할아버지는 그런 아야의 머리카락을 쓰다듬었습니다.

"아야, 세상에는 죽지 않는 것도, 망가지지 않는 것도 없단다."

할아버지의 스웨터 사이로 조각난 이시코를 뚫어지게 바라보면서 아야는 중얼거립니다.

"모두 죽어버리네."

할아버지는 아야의 어깨를 가만히 떼고 가슴 한가운데를 콕콕 찔렀습니다.

"아야의 이 부분에서 이시코가 없어졌을까? 아야의 이곳에서 미이도 피피도 죽어버렸을까?"

아야는 고개를 흔듭니다.

단발머리에서 빛의 고리가 찰랑찰랑 흔들렸습니다.

할아버지가 살짝 웃습니다.

할아버지가 웃자 양지가 좀 더 밝아지는 것 같습니다.

아야는 고개를 듭니다.

겨울 햇빛은 두 사람의 마당에 특별히 더 많이 쏟아지는 것 같습니다.

다음날 오후, 아야는 이시코의 조각을 뒤쪽 강가에 내려놓았습니다.

이제는 이시코와 주위의 돌을 구별할 수 없습니다.

수많은 돌들이

"응, 응, 응."

하고 아야를 향해 고개를 끄덕여 주는 것 같습니다.

접수 직원이 이야기를 다 읽고 나서 대장을 덮은 모양인지 탁 하는 소리가 들렸다.

　곧 조용한 목소리로 물어 왔다.

　"이것이 손님이 잃어버린 이야기였습니까?"

　나는 고개를 숙이고 머리를 흔들었다.

　"아니오."

　"그래요?"

　"죄송해요."

　"아니오, 사과할 필요는 없습니다."

　"그래도 저는……."

　얼굴을 들었다.

　"이 아이의 마음, 알 것 같아요."

　"그래요?"

　"저도 돌이 좋으니까요."

　"그래요?"

　"네."

　잠시 침묵이 흘렀다.

　이제 볼일이 끝났으니 돌아가자. 천천히 가방에 손을 뻗었을 때 접수 직원이 말했다.

　"저도 돌을 좋아해요."

　나는 손에 든 가방을 내려놓았다.

"정말요? 돌을 좋아하세요?"

기분이 좋아졌다.

내가 돌에 끌리는 것은 사실이다. '암석광물표본'은 내 보물 가운데 하나다. 예전에 박물관에 갔을 때 부모님을 졸라 손에 넣은 것이다.

평범한 종이상자 안에 50종류의 작은 돌이 들어 있고, 뚜껑에는 각 돌의 이름과 설명이 옛날 글씨체의 도장으로 찍혀 있다.

석영, 철반석, 형석, 적철석, 녹주석, 흑요석, 월장석…….

돌은 매끄럽기도 하고 거칠거칠하기도 하고, 손에 닿는 감촉이 다 다르다.

색도 다양해서 흑운모는 우주처럼 반짝이는 검정색이고 전기석은 각도에 따라 희미하게 분홍색이나 녹색으로 빛난다.

돌을 바라보거나 손 위에 올려놓고만 있어도 지루하지 않다. 그것이 소곤소곤 비밀을 털어놓는 것 같은 기분이 든다.

이 표본 외에도 여러 개의 돌을 갖고 있다.

텔레비전석이라는 것도 마음에 든다. 돌 밑에 있는 문자가 크게 보이는 천연 확대경이다. 마치 돌 안에 난쟁이가 사는 별세계가 있고 그곳을 통해 세상을 바라보고 있는 것 같아 매우 신비한 느낌을 준다.

풀이 들어 있는 수정은 가장 아끼는 것이다. 그런데 이것은 사실 광물의 결정이 풀처럼 보이는 것뿐이라고 한다.

그래도 나는 내 돌만은 진짜 풀이 들어 있는 것이라고 믿기로 했다. 수억 년 전의 풀, 공룡이 먹다 남긴 풀이 이 수정 속에 갇혀 있는 것임에 틀림없다고.

돌은 원시 지구의 그림자이다. 돌을 꽉 쥐면 태고의 지구를 움켜쥐고 있는 것 같다.

그런 생각을 하고 있자니, 잘 모르겠다.

내가 찾는 이야기에 돌이 정말 등장했던가.

어떤 이야기냐는 물음에 무심코 좋아하는 돌이 머리에 떠오른 것뿐인지도 모른다.

점점 그 추측이 맞는 것 같다는 생각이 든다.

그러나 돌이 아니더라도 이 이야기에는 끌리는 데가 있다.

나는 고개를 들었다.

"이야기를 듣고 할아버지가 생각났어요."

그렇다. 이 이야기에 나온 할아버지 같은 존재가 내게도 있었다.

"초등학교에 들어갈 무렵 돌아가셨지만요."

그런데 나는 이 이야기의 아야처럼 세상에 대해 잘 이해하지는 못했던 것 같다.

미이와 피피에 대해 아야가 느꼈던 것과 같이 죽음을 슬퍼한 기억도 없다.

할아버지가 돌아가신 순간부터 만날 수 없게 되어 버린 것이 어리둥절했을 뿐이다. 죽는다는 것과 볼 수 없게 된다는 것이 아무래도 연결이 잘 되지 않았던 것이다.

손의 감촉도, 목소리도, 웃는 얼굴도, 모두 내 머릿속에 확실히 자리잡고 있는데, 어째서 만날 수는 없는지 이해할 수 없었다.

그래서 몰래 집안을 찾아다녔다. 어딘가 숨어 있는 것은 아닐까.

벽장 속까지 들어가 보았다. 할아버지가 숨바꼭질을 하다가 때가 되면 어디선가 나타나 줄 것 같았다. 내가 찾아내면 잘했다고 하면서 커다랗고 메마른 손바닥으로 머리를 쓰다듬어 줄 것이라고 기대했다.

그러나 누군가 존재하지 않는 생활에도 차츰 익숙해지게 마련이다. 시간이 흐르면서 그럭저럭 체념하게 된다.

그래서 지금은 더 이상 희망하지 않는다. 다시 함께 살고 싶다고도 바라지 않는다.

그냥 이렇게 소망할 뿐이다.

"한 번이라도 좋아요."

나는 중얼거리고 있었다.

"단 한 번만이라도 좋아요. 할아버지를 보고 싶어요."

보고 싶은 마음만은 끈질기게 사라지지 않는다.

"이해합니다."

"말없이 웃어 주기만 해도 좋아요."

"그렇지요."

"얼굴을 보고 싶어요."

"네."

"참 좋았어요."

나는 고개를 떨구었다.

"많이 좋아했는데…… 그걸 할아버지에게 전하고 싶은데."

갑자기 울음이 터져 나올 것 같았다. 입 밖으로 표현한 탓인지도 모른다.

굳이 비밀로 한 것도 아니지만, 그런 마음을 누군가에게 털어놓은 적은 지금까지 한 번도 없었던 것이다.

내내 가슴 밑바닥에 넣어 두었던 것을 왜 끄집어냈는지 모르겠다.

접수 직원이 읽어 주는 이야기를 들으면서 나도 모르게 마음의 끈이 느슨해진 것일까.

"아, 벌써 시간이 이렇게 되었네요."

나는 왼팔을 들고 시간을 보는 척했다. 손목시계 따위 차고 있지도 않으면서.

"이제 가 볼게요."

그렇게 말하고 자리에서 일어섰다.

"조심해서 가세요."

접수 직원이 말했다. 목소리가 따뜻했다. 숄이라도 살짝 걸친 듯한 기분이 들었다.

"안녕히 계세요."

코트 속에서 셔츠 소매를 잡아당기고 코와 눈을 쓱쓱 닦으면서 나는 분실물센터를 뒤로 했다.

화요일

t u e s - d a y

날 지 못 하 는 새

———   하굣길에 나는 또 분실물센터의 문 앞에
와 있었다.

'잃어버린 이야기가 이제 도착했나요?' 하고 물어보면 된
다. 여러 차례 입안에서 연습도 했다.

어제는 생판 모르는 접수 직원과 이야기를 꽤 나누었다.
'괜찮아' 하고 자신을 타이르며 입구에 서서 교복 깃을 바로
잡았다.

오늘은 문이 조금 열려 있었다. 열린 틈으로 사람 목소리
가 새어 나왔다.

벌써 손님이 와 있는가 보다.

문틈으로 살짝 들여다보니 내 또래의 소녀가 등을 보인
채 의자에 앉아 있었다. 교복이 없는 학교인지 스웨터에 청

바지 차림으로 재킷을 무릎에 올려놓고 있다. 고무줄로 묶은 포니테일에는 아무런 장식도 달려 있지 않다.

소녀는 유리 칸막이를 향해 뭔가 이야기하고 있다.

사람이 있으리라고 예상치 못했기에 돌아갈까 어쩔까 망설였다.

그러나 생각해 보니, 분실물센터를 찾아오는 데 예약이 필요한 것도 아니고 먼저 온 손님이 있는 것도 당연한 일이었다.

가능하면 방해되는 소리가 나지 않도록 고양이처럼 발소리를 죽여 안으로 들어갔다. 순서를 기다리기 위해 소녀에게서 좀 떨어져 있는 난로 근처의 소파에 앉았다.

기다리는 동안 영단어라도 외울까 하고 가방에서 공책을 부스럭거리며 꺼냈다.

소녀의 목소리가 들렸다. 아무래도 나와 같은 용건으로 찾아온 것 같았다.

이야기를 잃어버렸다는 것이다.

"새 이야기였어요."

그녀가 말했다.

"어디 사는 새입니까?"

접수 직원의 목소리도 들린다.

"아마도 아프리카나 그런 곳이요."

"그래요? 그럼 그 이야기도 어쩌면 아프리카나 그런 곳으로 날아가 버렸는지도 모르겠군요."

그렇게 말한 뒤에 덧붙였다.

"뭐, 괜찮습니다. 이 역에는 세계 어디서든 습득한 이야기가 모이게 되어 있으니까요. 어디로 날아갔든 걱정할 필요 없습니다."

그런데 소녀는 고개를 흔들었다.

"날아가지 않았는걸요."

"호오, 왜죠?"

"날지 못하는 새에 관한 동화를 썼으니까요."

"날지 못하는……. 아, 그렇군요."

분실물센터 직원은 '동화, 아프리카, 날지 못하는 새'라고 중얼거렸다. 아마 무언가를 찾고 있는 중일 것이다.

소녀는 머리카락 끝을 만지작거리면서 기다리고 있다.

"하나, 있습니다."

"정말요?"

"그런데……."

접수 직원이 미안한 듯이 말을 잇는다.

"이 동화는 여기 오기까지 여러 사람의 손을 거친 것 같습니다. 어쩌면 손님이 만든 것과는 상당히 다른 이야기가 되어 있을지도 몰라요. 뭐랄까, 갓 낳은 달걀을 잃어버렸는데

나중에 병아리가 되어 돌아왔다고나 할까요."

"네에?"

"말하자면 손님이 만든 것보다 좀 어른스럽게 변했을지도 모른다는 겁니다."

소녀는 실망했는지 후우, 하고 풍선에서 바람 빠지는 소리를 냈다.

"괜찮아요."

접수 직원은 격려하듯이 말했다.

"동화에는 그런 면이 있지요. 누군가의 입에 오를 때마다 조금씩 변해 갑니다. 하지만 그건 그 동화가 많은 사람에게 사랑받았다는 증거입니다. 슬퍼할 필요가 없어요."

"네에."

어딘지 김빠진 대답이었다. 나는 무심코 말참견을 하고 싶어졌다. '그런 식의 대답은 직원분한테 실례야'라고.

하지만 마음 약한 나는 잠자코 있을 뿐이다.

접수 직원은 다시 확인했다.

"괜찮을까요?"

"네, 괜찮아요."

그러고 나서 소녀가 갑자기 이쪽을 돌아보았다.

나는 가슴이 덜컥 내려앉았다. 아는 얼굴인 것 같은 기분이 들었기 때문이다. 오랜만에 만난 친구 같은, 그런 반가움을 느꼈다. 그러나 잠시 뒤 그것은 착각일 뿐, 전혀 알지 못하는 사람임을 깨달았다.

그런 일이 가끔 일어난다. 이와 같은 일을 전에도 분명히 경험했다……, 그렇게 확신한 직후 아니 그럴 리가 없다, 전혀 모르는 일이라고 생각이 돌변하는 것이다. 기시감이라고 부르기도 한다는데, 그 당시에는 별안간 밀려오는 반가움에 놀랄 만큼 가슴이 뜨거워지곤 한다.

이쪽을 돌아본 소녀는 생긋 웃었다.

나도 허둥대며 입꼬리를 어색하게 추켜올렸다.

"그럼 읽겠습니다."

접수 직원의 말에 소녀는 다시 앞을 보고 뒤로 묶은 포니테일을 쓰다듬었다.

나는 안도의 한숨을 쉬고 영어 공책을 덮었다. 그리고 나서 이야기가 잘 들리도록 소파 끝으로 자리를 옮긴 뒤에 귀를 기울였다.

날 지 못 하 는 새

쿵쿵이는 날지 못하는 새입니다.

날개는 짧고 몸은 무겁고 언제나 쿵쿵거리며 땅바닥을 돌아다니기만 해서 쿵쿵이라고 불립니다.

오늘도 쿵쿵이는 파란 하늘을 올려다봅니다.

"하늘이 참 아름답구나!"

넋을 잃고 감탄하며 바라보았습니다.

그런 쿵쿵이의 머리 위를 펠리컨 한 마리가 날아가고 있었습니다.

"저기요, 펠리컨 아줌마, 저에게 좀 가르쳐 주세요."

쿵쿵이가 펠리컨을 불러 세웁니다.

"저어, 하늘은 어떤 느낌이에요?"

펠리컨은 바람을 거스르며 하늘에서 두둥실 멈추더니

"하늘?"

하고 되물었습니다.

"하늘 한가운데는 어떤 느낌이에요?"

"어떤 느낌이냐니?"

"저어, 파란 하늘을 보면 탁 트인 느낌이라든가 꽉 찬 느낌이라든가, 그런 게 있을 것 같아서요."

펠리컨은 빙빙 돌면서 말했습니다.

"탁 트인 느낌도, 꽉 찬 느낌도 안 든단다."

"저어, 저렇게 멋진 파란색인데요?"

펠리컨은 자만심이 강했습니다. 하늘의 파란색은 자신의 흰색을 돋보이게 하는 색이라고만 여기고 있었습니다.

"그건 말이야, 바다의 파란색이 비치고 있는 것뿐이란다."

설사 부리가 깨진다고 해도 하늘을 칭찬하는 말 따위는 하고 싶지 않습니다.

"하지만 산 위의 하늘도 파란걸요. 바다 같은 건 없는데도요."

"그건 말이야, 산의 호수가 비치고 있는 것뿐이란다."

"사막 위의 하늘도 파래요."

"바보야, 하늘은 하나로 이어져 있으니까 그렇지."

펠리컨은 사실도 말했지만, 거짓말도 곧잘 했습니다.

"바다를 비춘 파랑은 끝없이 밖으로 배어나온단다. 너도 알잖아. 하늘은 그런 거야."

펠리컨의 입은 아주 커서 여러 가지 말이 뒤죽박죽 들어 있습니다. 진실인지 거짓인지, 누군가와 잡담한 것인지 그저 혼잣말인지, 지나치게 많이 들어 있어서 정리가 되어 있지 않습니다. 그래서 다음에는 도대체 어떤 말이 튀어나올지 펠리컨 자신도 알지 못했습니다.

"바다나 호수에서, 하늘의 파랑은 모두 빌려 온 거야. 그래서 파랑의 맛은 아예 틀려먹었어."

"아, 예, 틀려먹은 맛이란 어떤 맛이에요?"

펠리컨은 커다란 자루 같은 입을 벌리고 그 주변의 하늘을 푹 떠먹었습니다.

"짭짤하고 달콤하고 시큼하고 씁쓸한 느낌. 요컨대 모든 게 다 들어 있는 맛이야. 하지만 뭐든지 다 있다는 건 아무것도 없는 것과 똑같지. 알겠니? 굳이 표현하자면 뭐라고도 말할 수 없는 맛이란다."

"네에? 뭐라고도 말할 수 없는 맛이란 대체 어떤 맛이죠?"

"뭐라고도 말할 수 없으니까 어떻게 표현할 도리가 없는 거지."

할 말도 없고 귀찮아진 펠리컨은 이야기를 바꾸었습니다.

"그건 그렇고 어째서 하늘이 여기 제대로 붙어 있는지 알고 있니?"

"네? 하늘이 제대로 붙어 있다니, 무슨 말이죠?"

"하늘이 왜 떨어지지 않고 붙어 있을 수 있는지 넌 알고 있냔 말이야."

쿵쿵이는 짧은 목을 뒤틀었습니다.

"그런 건 생각해 본 적도 없는데요."

"생각해 봤자 알 수도 없을 거야."

펠리컨은 바람 속에 뜬 채로 크고 새하얀 날개를 자랑하고 싶어서 한층 더 넓게 펼쳤습니다.

"그건 말이야, 우리들이 하늘을 짊어지고 있기 때문이야. 항상 이 날개 위에 하늘을 얹고 지탱하고 있기 때문이지. 그래서 하늘이 떨어지지 않는 거라고."

"네에? 몰랐어요!"

쿵쿵이는 눈을 크게 떴습니다.

"언제나 새들 중 누군가가 하늘을 순서대로 짊어지게 되어 있단다. 낮엔 우리들, 밤엔 올빼미들, 하는 식으로 말이야."

펠리컨은 날개를 활짝 펼치고 자못 무거운 듯이 밑으로 슝 떨어져 보입니다.

"아아, 조심하세요."

"괜찮아. 그런데 오늘처럼 맑은 하늘은 비교적 가볍지만, 흐린 하늘을 짊어진 날은 날개가 무거워서 녹초가 된단다."

"맞아요. 흐린 하늘은 무거울 것 같아요."

"작은 새는 여럿이 떠받치고 큰 새는 혼자서 버텨 내지."

"아아, 그랬군요. 그래서 작은 새들은 저렇게 떼를 지어 날아다니는 거군요."

이 모든 것이 입에서 나오는 대로 아무렇게나 지껄이는 말이었지만, 쿵쿵이가 감탄하는 모습에 펠리컨은 기분이 좋아졌습니다.

"하늘이 떨어지지 않는 건 말야, 결국 우리들 덕분이야. 지상에 있는 생물이 눌려서 납작해지지 않고 지낼 수 있는 건 모두 대단하신 우리들 덕분이란 말이야."

그러고 나서 다른 새들을 확인하듯이 목을 늘리고

"지금은 잠시 쉬어도 괜찮을 것 같구나."

하며 근처 바위에 쿵 내려앉았습니다.

"새들은 참 훌륭하네요. 정말 고마운 존재예요."

"어머, 괜찮아. 그게 우리 임무인걸. 새들의 사명이란다."

펠리컨은 비장하게 한숨을 내쉬었습니다.

"어째서 그토록 하늘이 신경 쓰였는지, 전 이제야 알 것 같아요."

쿵쿵이는 하늘을 쳐다보며 짧은 날개를 파닥거립니다.

"계속해서 뭔가 해야 할 일이 있는 것 같았는데, 바로 그거였어요. 나도 하늘을 짊어지고 싶다는 생각을 했던 거예요."

그러고 나서 풀이 죽어 몸을 움츠렸습니다.

"그런데 안 돼요. 저도 새인데, 할 수가 없어요."

이제서야 펠리컨은 쿵쿵이도 새였음을 새삼 떠올렸습니다.

"신경 쓰지 마. 새도 여러 종류가 있으니까 말이야."

"나 같은 건 쓸모없는 새예요."

"그렇지 않아."

이렇게 말하면서도, 쓸모없는 새가 분명하다고 펠리컨은 생각했습니다.

"전 아무짝에도 쓸모없어요."

"그렇지 않다니까."

고개를 옆으로 흔들었지만, 정말로 그 말이 맞다고 펠리컨은 수긍했습니다.

"나 같은 건 있으나 없으나 상관없는 새라고요."

확실히 그렇다고 펠리컨은 하마터면 고개를 끄덕일 뻔했습니다.

"나 같은 건 ○△×□."

고개를 떨구고 가슴에 얼굴을 묻어 버린 쿵쿵이가 도대체 무슨 말을 하고 있는지도 이제 들리지 않습니다.

"그럼 한번 노력해 보지 그래."

펠리컨은 아무렇게나 내뱉었습니다.

"날면 되잖아."

그 말에 쿵쿵이는 얼굴을 들었습니다.

"무리예요. 날고 싶다고 날 수 있는 게 아니라고요."

금방이라도 울음을 터뜨릴 것 같습니다.

"노력해 본 적은 있니?"

펠리컨의 커다란 입에서는 잘난 체하는 말이 튀어나오기 시작했습니다.

"노력해 보지도 않고 꿈을 버리다니, 겁쟁이나 할 짓이지."

부리 끝에서 가볍게 흘러나온 경솔한 말이었습니다.

"이룰 수 없는 꿈은 없단다."

"그래요? 이룰 수 없는 꿈은 없나요?"

그것을 쿵쿵이는 무조건적으로 받아들입니다. 듣기 좋은 말은 가슴까지 쑥 내려갑니다.

"좋아요. 저도 노력해 볼래요."

쿵쿵이는 눈을 반짝였습니다.

"그래. 매일 노력하는 게 중요해."

그 사이 해가 구름에 가려지며 하늘이 잔뜩 흐려졌습니다.

"아아, 어쩐지 하늘이 무거워질 것 같아."

펠리컨은 이제 쿵쿵이를 놀리는 데도 싫증이 났습니다.

"이제 슬슬 다시 짊어지지 않으면 하늘이 떨어질지도 몰라."

펠리컨은 멋진 날개를 천천히 펼치고

"잘 있어."

하고는 날아가 버렸습니다.

"수고하세요."

쿵쿵이는 뒤로 넘어질 듯이 머리를 젖히고 짧은 날개를 흔들었습니다.

이후 쿵쿵이의 노력의 나날들이 이어졌습니다.

날기 위해서는 무엇보다 날개의 힘을 기르는 것이 중요합니다.

쿵쿵이는 매일 날개를 벌리고 탁탁 쳤습니다.

다음 날도 그 다음 날도 날개를 버둥거리며 위아래로 계속 흔들었습니다.

그러자 노력한 보람이 있었는지 점점 날개에 힘이 붙기 시작했습니다.

무거운 몸에 비해 지나치게 작은 날개지만, 단순히 위아래로 퍼덕이는 동작이라면 꽤 빨리 움직일 수 있습니다. 매일같이 자빠지지 않도록 발에 힘을 주고 서서 날개를 흔들어

대는 사이, 쿵쿵이는 이제 누구의 눈에도 보이지 않을 만큼 빠른 속도로 홰를 칠 수 있게 되었습니다.

펠리컨이 가끔씩 훌쩍 날아와서 무책임하게 격려의 말을 건넸습니다. 그런 날이면 쿵쿵이는 더욱더 열심히 운동을 했습니다.

그러던 어느 날 언제나처럼 날개를 세게 흔드는 연습을 하고 있을 때입니다. 쿵쿵이는 깜짝 놀랐습니다.

잠시 머리가 붕 뜬 것 같은 느낌을 받은 것입니다.

쿵쿵이는 믿을 수가 없어서 주위를 둘러보았습니다.

지금까지 보고 있던 자갈이 굴러다니던 땅바닥이 조금 아래로 보였습니다.

다시 격렬하게 날개를 퍼덕거려 보았습니다.

그러자 이번에는 꽃을 내려다볼 수 있었습니다.

그 다음에 날개를 치자, 놀랍게도 키 작은 나무의 꼭대기까지 보이는 것이 아니겠습니까.

쿵쿵이의 몸은 분명히 위로 올라가 있었습니다. 날개를 위아래로 퍼덕일 때마다 몸이 위로 쑥쑥 솟아올랐습니다.

"야호, 날았다!"

쿵쿵이는 매우 기뻐하며 얼마나 떠 있는지 보려고 발밑으로 눈길을 돌렸습니다.

그런데 이게 웬일일까요? 쿵쿵이의 발은 땅을 단단히 딛고 있었습니다.

다리만 길어져 있었던 것입니다. 쿵쿵이가 열심히 날개를
퍼덕일수록 다리가 쑥쑥 자랐던 것입니다.

날개를 위아래로 흔들 때마다 다리가 쭉쭉 길어지면서 쿵
쿵이의 몸은 조금씩 위로위로 올라갔습니다. 그에 따라 굵
고 튼튼했던 다리는 조금씩 가늘어지는 것 같았습니다.

쿵쿵이는 자신이 의외로 겁이 많다는 것을 깨달았습니다.
땅바닥을 딛고 있는 발을 도저히 뗄 수 없었던 것입니다.

하지만 이것도 하나의 진보인지도 모릅니다.

쿵쿵이는 기죽지 않고 노력했습니다.

저 하늘에 닿았으면 하는 일념으로 목을 늘리고 날개를
푸득거렸습니다.

그러자 또 하늘에 훨씬 더 다가갔습니다.

이번에는 목이 늘어난 것입니다.

목이 잡아당겨져서 그런지 그만큼 머리는 작아졌습니다.

이렇게 쿵쿵이는 목과 다리가 쑥쑥 자랐습니다.

젖 먹던 힘을 다해 노력한 결과 쿵쿵이는 마침내 세계에
서 가장 키가 큰 새가 되었습니다.

"어머나!"

펠리컨도 놀랐습니다.

"세계 제일의 쓸모없는 새라고 생각했는데……."

심술쟁이 펠리컨의 말도 쿵쿵이는 더 이상 신경 쓰지 않았습니다.

쿵쿵이는 충분히 행복했습니다. 그토록 좋아하는 하늘에 가까워졌으니까요.

쿵쿵이는 오늘도 똑바로 서 있습니다.

초원의 버팀목이 되어 단단히 하늘을 떠받치고 늠름한 자태로 서 있는 것입니다.

하늘을 짊어지고 있다는 자부심은 마음의 심지가 되어 쿵쿵이를 굳건하게 지탱해 주고 있었습니다.

"이걸로 '날지 못하는 새' 이야기가 끝났습니다."

접수 직원이 말했다.

"손님이 찾고 있던 것인가요?"

소녀는 크게 고개를 가로저었습니다.

"아니오. 달라요."

"그래요? 유감이군요."

그러나 분실물센터 직원은 전혀 아쉬워하지 않는 것 같았다. 틀림없이 이야기를 읽는 것이 좋아서일 것이다.

소녀도 낙심한 기색이 전혀 없었다.

"읽어 줘서 고마워요."

그렇게 말하고 나서 이번에는 다시 내 쪽을 돌아보았다. 습관인지 포니테일 끝을 잡고 입술 언저리에 대고 있다. 귀여운 수염으로 장난을 치고 있는 것처럼 보인다.

이야기를 누군가가 읽어 주는 것이 정말로 즐거웠나 보다. 이번에는 또 머리카락을 떼더니 후훗, 하고 웃었다.

나도 따라 미소 지었다.

접수 직원이 무언가 말하자 그녀는 정면으로 돌아앉았다.

"또 와도 돼요?"

"물론이죠. 새 이야기는 많은 데다 앞으로 또 도착할지도 모릅니다."

"모두 날고 싶다는 이야기일까요?"

"그럴지도 모르지요."

"저도 하늘을 나는 꿈을 자주 꿔요."

"아아, 저도요."

"그런데 잘 날지 못해요. 날다가도 항상 떨어져 버리고요."

"저도 그렇습니다. 땅에 닿을락말락하게 날지요."

나도 접수 직원과 같았다. 최소한 꿈에서라도 마음껏 날면 좋을 텐데, 그렇게 되지 않는다. 도움닫기를 해서 붕 날아올라도 소용없다. 곧바로 쿵 낙하하고 만다. 날아다니는 꿈이라기보다 떨어지는 꿈이라고 하는 편이 좋을 정도이다.

소녀가 갑자기 양손을 탁 쳤다.

"저, 갑자기 생각났어요."

"뭐 말입니까?"

"쿵쿵이가 어떤 새인지요."

"호오."

"바로 타조예요. 날지 못하는 새라고 했잖아요."

"아아, 그렇군요. 타조의 다리가 왜 그렇게 긴지 알려 주는 이야기였네요."

접수 직원은 그렇게 말한 다음 "영특하네요. 머리를 쓰다듬어 주고 싶을 만큼" 하고 드물게 농담을 했다.

소녀도 분위기를 따라가고 싶었는지, 아니면 원래 나와 달리 대범한 성격인지 이렇게 말했다.

"머리를 너무 어루만지시면 좀 곤란하답니다."

입술을 비죽 내밀고 있는 모습이 보이는 것 같다.

"어째서요?"

"왜냐하면 머리를 지나치게 쓰다듬으면 닳아 버릴지도 모르잖아요. 타조처럼 머리가 평평해질지도 몰라요."

나는 소녀의 절벽 같은 뒤통수를 바라보았다. 그리고 타조처럼 정수리까지 납작해져 버리면 정말 볼품이 없어 보여 고민스러울 것 같다는 생각이 들었다.

"하지만 머리가 평평한 건 좋은 것 같은데요."

"그럴까요."

"그렇고말고요. 평평한 머리는 좋은 거예요. 어떻게든 미래의 세계를 떠받칠 수 있을 것 같으니까요."

나는 작게 한숨을 쉬었다.

이 세상을 짊어져야 한다는 건 성가신 일이다.

나 자신이 아니어도 다른 누군가가 떠받쳐 주리라는 얌체 같은 생각을 하는 것은 아니다. 단지 계속해서 참고 노력해야 한다는 데 자신감이 없는 것이다.

있는 힘을 다 쥐어짜서 높은 곳으로 들어 올리면 좀 더 높은 곳까지 들어 올려 보라는 소리를 들을 것만 같다. 아마 끝이 없을 것이다. 그런 상상만으로 녹초가 될 것 같다.

두 사람에게 방해가 되지 않도록 나는 가만히 일어섰다.

창구 쪽을 향해 머리를 살짝 숙였지만, 접수 직원은 당연히 알 리가 없다.

조용히 방을 나왔다.

밖은 바람이 불고 있었다. 늦가을의 찬바람이다.

왠지 바스락거리는 낙엽처럼 내 마음도 가라앉지 않는다. 소녀 탓도 접수 직원 탓도 아니다. 좀 전에 들은 이야기가 마음에 걸리는 것이다. 그 이야기 속의 새가 마지막까지 날지 못했다는 점이 마음을 시끄럽게 하고 있다.

그 새는 차라리 날고 싶다는 희망을 갖지 말아야 했다. 나도 모르게 그런 생각이 든다.

나는 하늘을 쳐다보았다.

태양은 가라앉았고, 새의 모습은 더 이상 보이지 않는다.

어스레한 어둠 속을 대신해서 날고 있는 작은 그림자는 박쥐이다.

날지 못하는 새와 날 수 있는 짐승. 세계는 의외로 뒤죽박죽 만들어져 있는지도 모른다.

그렇기 때문에 이야기도 태어나는 게 아닐까.

그 동화에 잃어버린 뒷이야기가 있다면 좋을 텐데. 문득 든 생각이다.

그 새가 결국은 날 수 있었다는 뒷이야기가 언젠가 이 역에 도착하면 좋을 텐데.

지금의 나는 완벽한 해피엔드를 맛보고 싶었다. 적어도 이야기 속에서만이라도.

박쥐가 머리 위를 가로질렀다.

벌레를 노리고 있는지 급강하한 뒤 수평으로 나는 식으로 방향 전환을 반복하고 있다. 날아간 흔적을 따라 선을 그으면 북두칠성 모양이 될 것 같다.

마치 자기 주위의 하늘에 필사적으로 작은 별자리를 그리려는 듯하다.

나는 멈춰 서서 작은 짐승이 날고 있는 저녁 하늘을 가만히 바라보았다.

수요일

w e d n e s - d a y

맥

———   작은 틈으로 발소리를 죽여 들어가지 말고 문을 활짝 열고 당당하게 들어가자, 오늘은 그렇게 마음먹고 분실물센터 앞에 섰다.

'실례합니다'가 아니라 '안녕하세요'라고 쾌활하게 소리 높여 인사하며 들어가자.

나는 기세 좋게 문을 열었다.

하지만 그 순간 인사말을 삼켜 버렸다.

또 먼저 온 손님이 있었던 것이다.

의자에 앉아 이쪽에 등을 보이고 있는 것은 어른 여성이었다.

"잃어버리고 말았어요."

여자의 목소리가 들려왔다.

나는 또 소파 쪽으로 맥없이 이동했다.

"아들을 까맣게 잊고 있었어요."

아무래도 이 사람은 역에서 자기 아이를 미아로 만들어 버린 모양이다. 그렇다면 이곳이 아니라 미아찾기센터로 한시바삐 가봐야 할 것이다. 그러나 이런 시골 역에 미아찾기센터가 있을 리가 없다. 그러면 역장실로 가야 할까.

아니, 애초부터 이런 곳에서 아이를 잃어버린다는 게 말이 안 된다.

"그러니까 찾아 주세요. 나와 아들의 이야기를요."

'아아, 아니었어. 역시 이야기를 찾으러 왔구나' 하고 나는 안도의 한숨을 쉬며 소파에 앉았다.

접수 직원의 목소리도 들려왔다.

"손님과 아들의 이야기 말이죠?"

"맞아요. 우리 이야기요. 나와 아들, 그리고 남편도 아주 조금요."

"네. 어머니와 아들, 그리고 아버지가 조금이라고 하셨지요."

요리 레시피를 읽고 있는 것 같다. 그러나 접수 직원은 진지하게 찾고 있는 게 틀림없다. '어디 보자······' 등의 혼잣말도 귀에 들어온다.

여자는 꼼짝도 않고 기다리고 있다.

좀 통통하지만 비스듬하고 부드러운 어깨선의 뒷모습은 매우 연약해 보인다. 빨리 찾아 주면 좋을 텐데. 나는 남의 일인데도 안절부절못했다.

"이건가?"

유리 칸막이 맞은편에서 중얼거리고 있다.

"저어, 어머니와 아들, 그리고 아버지가 약간 나오는 이야기가 여기 몇 개 도착해 있습니다만."

"어떤 종류의 이야기인데요?"

"좀 기다려 주세요……. 꿈, 꿈 이야기인 것 같아요."

"네, 그래요. 꿈 이야기예요."

여자는 상체를 앞으로 내밀었다.

나는 '또야!' 하고 실망하며 소파 등받이에 몸을 기대었다. 꿈 이야기는 정말 싫증이 난다.

불가능한 꿈은 품어서는 안 되고, 자기 분수에 넘치는 소망은 금물이다. 이것은 내가 가까스로 손에 넣은 변변치 못한 삶의 지혜였다.

어제의 동화 속 쿵쿵이처럼은 되지 않겠다, 날지 못하는 자는 역시 꿈을 꿔서는 안 된다, 그렇게 스스로를 타일렀던 것이다.

"어떤 꿈일까요. 어디 보자……."

시간이 좀 걸리고 있다.

"꿈에는 잘 때 꾸는 꿈과 희망을 뜻하는 꿈, 두 종류가 있습니다만."

"양쪽 다예요."

"양쪽 다군요."

또다시 바스락바스락 뒤적이는 소리가 들린다.

"꿈은 이야기 속에도 굉장히 많이 나오지요."

"네, 네, 그렇지요. 그렇고말고요."

자기 이야기의 평범함을 부끄러워하는 것처럼 여자는 의자 위에서 느릿느릿 몸을 움직였다.

"말씀하시는 대로예요. 꿈 이야기는 정말 많지요."

"꿈 이야기, 꿈 풀이, 악몽, 몽마…… 아아, 있네요!"

접수 직원은 마침내 찾아낸 것 같았다.

나는 하품이 나오는 것을 눌러 참았다.

접수 직원이 이야기를 읽기 시작했다.

맥

둥근 몸통에 동작도 유연하고 느릿느릿한 말레이맥은 가슴에서 배에 걸쳐 새하얀 털이 자라 있습니다. 그 모습은 마치 흰 앞치마를 두르고 있는 상냥한 엄마처럼 보입니다.

이 맥 엄마는 아들을 매우 사랑합니다. 손님이 오면 꼭 모두에게 자랑스러운 아들을 과시하듯 보여 주었습니다.

이날도 맥 엄마는 오랜만에 친척들을 집에 초대했습니다. 말, 당나귀와 같은 맥의 사촌들, 그리고 코뿔소 아주머니에게 차를 내 온 뒤 엄마는 아들을 가까이 불러 양어깨에 가만히 손을 얹습니다.

"아가, 모처럼 우리 집에 와 주신 여러분에게 이야기를 해 드리면 어떨까? 어제 갔던 박물관은 어땠어?"

모두 찻잔을 든 채 아들 쪽으로 긴 목과 짧은 목을 돌렸습니다.

"네, 참 재미있었어요."

"이 아이는요, 여러분, 공룡을 참 좋아한답니다."

"네. 전 공룡이 참 좋아요."

"팔불출인지 모르지만, 이 아이는 장래에 고고학자 같은 직업을 가지면 좋을 것 같아요."

손님들은 '와, 멋지네요.'라든가 '기대되네요.'라고 말하며 서로 고개를 끄덕입니다. 그리고 사랑스러운 맥 아이를 향해 웃음 짓습니다.

엄마는 아들을 재촉했습니다.

"자, 아가야, 어제 박물관에서는 대체 무엇을 보았니?"

"커다란 괴수가 아주 많이 있고……."

기회를 놓치지 않고 엄마가 끼어듭니다.

"어머, 아가야, 괴수가 아니지. 괴수가 아니라 공룡인 것 같은데."

"아, 엄마, 공룡이에요. 맞아요."

"그렇지? 공룡 화석이지. 자, 아가, 이야기를 계속하렴."

"커다란 공룡 화석이 캬오, 하고 무지 큰 입으로……."

"어머머, 화석이 울부짖을까?"

"아뇨, 울부짖지 않아요. 입을 쩍 벌리고만 있는 거예요."

맥 아이는 코를 좌우로 움직였습니다. 코끼리만큼 길지는 않지만 돼지만큼 짧지도 않은 코는 무언가에 몰두하면 저절로 움직입니다. 몸짓과 손짓에 코짓까지 더해서 맥 아이는 좋아하는 공룡 이야기를 이어 가려고 했습니다.

"저기, 맞아요, 커다란 공룡이 커다란 입을 벌리고 불을 뿜을 것처럼……."

엄마가 주전자를 쨍그랑, 소리를 내며 탁자에 놓았습니다.

"너도 참, 공룡 화석이 불을 뿜는다고?"

"뿜지 않아요……. 그래도 엄청 강한 괴수라……."

"괴수가 아니라 공룡이지."

"맞아요. 강력한 공룡이 큰 입을……."

"강력하고 입이 큰 공룡은……. 저어, 이름이 뭐였더라……."

"저기, 뭐였죠?"

"티라노사우르스였지."

"티라노사우르스."

"그래. 우리 아기는 어쩜 이렇게 똑똑할까! 티라노사우르스는 뒷다리는 아주 크고 두툼한데 앞다리는 아주 작아서 이상했지?"

"맞아요. 이상했어요."

"그래서 우리 아들이 이상하다고 막 웃었잖아."

"맞아요. 이상해서 막 웃었어요."

전혀 즐겁지 않은 아이 옆에서 엄마만 웃고 있습니다.

"맞아, 티라노사우르스의 어디가 그렇게 우스웠는지 아직 말하지 않았어. 자, 우리 아들의 재미있는 이야기를 좀 더 엄

마한테 들려주렴. 손님들도 목을 길게 빼고 기다리고 있잖
아."

코뿔소가 짧고 땅딸막한 목을 갸웃거리는 것도 신경 쓰지
않습니다. 맥 엄마는 있는지 없는지 모를 작은 귀를 아들 쪽
으로 기울이고 다그칩니다.

"자, 들려주렴. 빨리빨리."

아이는 갑자기 망설여지는지 '저기요, 저기…….' 하고 우물
거렸습니다.

코뿔소 아주머니가 도와줍니다.

"괴상하긴 하지, 그 공룡. 작은 앞다리를 가슴 앞에 늘어
뜨리고 서 있으니 말이야. 귀여운 미어캣 같기도 하고 웃겨."

풀이 죽어 있던 맥 아이는 그 순간 똑바로 고개를 들었습
니다.

"맞아요. 그놈들, 머리가 너무 커서 손이 더 작아 보여요.
하지만 손 같은 건 아무래도 좋아요. 크고 날카로운 이빨이
엄청나니까요. 그 이빨로 다 갈가리 찢어 버려요. 엄청 강해
요. 누가 뭐라고 해도 사상 최대의 육식 괴수니까요."

'괴수'라는 말에 또다시 맥 엄마가 타박하려 하자 코뿔소
아주머니는 엄마를 향해 몸을 돌립니다.

큰 바위 같은 몸과 도끼 같은 뿔을 마주하면 대부분 입을

다물어 버립니다. 엄마도 말을 꿀꺽 삼켰습니다.

코뿔소는 미소를 지으며 엄마의 무릎에 묵직한 손을 올려 놓았습니다.

"아우님도 아이와 함께 박물관에 갔으니, 아주 즐거운 시간을 보냈겠네. 부러워라."

그런데 맥 엄마는 고개를 좌우로 흔들었습니다.

"어머, 난 가지 않았어요. 아이의 학교에서 가는 소풍이었는걸요."

어이없어 하는 코뿔소의 손을 떼어 낸 뒤 엄마는 작은 눈을 더 가늘게 뜨고 일동을 둘러봅니다.

"그래도 전, 설령 가 보지 않은 곳도 아들에 관한 일이라면 뭐든지 다 안답니다. 엄마란 정말 신기하지요?"

당나귀 사촌은 긴 속눈썹을 마구 깜박거리고, 말은 냅킨이 펄럭일 만큼 긴 한숨을 코로 내쉬었습니다.

다음 날 아침, 아이가 아직 자고 있을 때 맥 엄마는 혼자 식탁 앞에 앉아 있었습니다.

"이 사람은 정말 어쩔 수가 없네. 또 먹다 남긴 것을 집에 가져왔어."

맥 아빠는 꿈을 먹는 일을 하고 있습니다. 밤에 가위눌리고 있는 사람이 있으면 그곳에 가서 나쁜 꿈을 먹고 아침에 돌아와 잠자리에 드는 것입니다. 그런데 요즘은 악몽을 꾸는 사람이 점점 많아져서 아빠는 매일 밤 일을 해야 했습니다. 그래서 가끔은 미처 다 먹지 못한 꿈을 집에 가져와 엄마에게 도움을 청하곤 했습니다.

"이 사람, 요즘엔 정말 낮에 잠자기 바빠서 아들하고 전혀 놀아 주지 않는단 말이야. 이런 일 따위 이제 그만두면 좋을 텐데."

엄마는 식탁 위 수프 접시에 있는 나쁜 꿈을 꼼짝 않고 노려봅니다. 그것은 검은 솜사탕처럼 둥글게 부풀어 올라 흔들리고 있습니다.

미간을 좁히고 잘 살펴보니 작은 뱀들이 몸부림치며 덩어리로 뭉쳐 있습니다. 누군가 뱀을 싫어하는 사람의 악몽임에 틀림없습니다.

"앗, 징그러워. 뱀 꿈은 정말 맛이 역겨운데. 그래도 지난번 화재 꿈보다는 나을지도 몰라. 그건 너무 뜨거워서 하마터면 혀를 델 뻔했었지."

엄마는 악몽의 냄새를 킁킁 맡으며 얼굴을 찡그립니다.

"이렇게 사람들이 싫어하는 일을 해 주고 있는데도 전혀 존경받지 못하다니."

꿈을 먹어 버리면 그 사람에게는 악몽의 기억이 남지 않습니다. 그래서 아무런 감사도 받지 못하는 것이 엄마는 큰 불만이었습니다.

"그이가 뭐라고 하든 우리 아들에겐 이런 일은 시키고 싶지 않아."

맥 엄마는 코를 잡습니다. 그리고 검은 덩어리를 입에 한번에 털어 넣고 씹어서 으깹니다. 꿀꺽 삼킬 때 뱀 한 마리가 목에 걸려 순간적으로 눈을 희번덕거렸지만, 서둘러 차와 함께 흘려 넘겨 버립니다.

탁탁 가슴을 쳐서 겨우 제정신으로 돌아왔을 때 아들 방에서 갑자기 비명이 들려왔습니다.

엄마는 허둥대며 아들 방으로 뛰어들었습니다.

침대 안에서 아이는 신음하고 있었습니다. 악몽을 꾸고 있다는 것을 맥 엄마는 금세 알아차렸습니다.

엄마는 코를 한껏 늘린 뒤 나쁜 꿈을 아이의 머릿속에서 빨아내어 일단 밖으로 꺼내 놓습니다. 악몽은 공중에서 떠돌며 꿈틀거립니다.

엄마는 그것을 가만히 바라보았습니다. 악몽의 정체를 확인하지 않으면 안 됩니다.

뭉게뭉게 떠오른 안개와 같은 꿈속에서 흔들리는 얼굴이

어렴풋이 보였습니다.

그 순간 엄마는 놀라서 숨을 멈추었습니다.

그것은 엄마 자신의 얼굴이었습니다.

꿈속 엄마의 얼굴은 무섭게 일그러져 있고, 그 입은 무엇이든 삼켜 버릴 것처럼 크게 벌어져 있습니다.

엄마는 큰 충격을 받았습니다. 아들이 자신의 얼굴에 가위눌린 것이니까요.

그냥 공룡이 너무나 좋은 아들, 그 즐거움을 빼앗으려 한 것은 자신이었는지도 모릅니다. 나쁜 꿈을 먹어야 할 맥이 아들이 동경하는 꿈마저 먹어 버렸는지도 모릅니다.

엄마는 손을 뻗어 아이의 악몽을 그러모았습니다.

한 조각도 남기지 않겠다는 일념으로 필사적으로 입안에 밀어 넣고 꿀꺽 소리 내어 삼켜 버렸습니다.

씁쓰레하고 매운맛이 혀를 찌르면서도 새콤달콤한 향이 입안에 퍼졌습니다. 그러고 나서 명치 언저리가 쓰리고 아프더니, 트림이 나오고 나어 구역질이 났습니다.

엄마의 눈에 눈물이 고였습니다.

인기척에 아이가 눈을 떴습니다.

"엄마, 왜 그래요?"

작은 눈에 눈물이 그렁그렁한 엄마를 보고 아이는 놀라서 몸을 일으킵니다.

"나쁜 꿈을 꿨어요, 엄마?"

"응. 약간 나쁜 꿈을 꾸었어."

아이는 걱정스러운 표정으로 엄마의 손을 잡고 힘주어 말했습니다.

"나, 어젯밤에 정했어요. 나, 괴수 박사 안 할래요. 그리고 어른이 되면 아빠가 하시는 일을 할 거예요. 그래서 엄마의 나쁜 꿈이랑 사람들의 나쁜 꿈을 다 먹어 치울래요. 그러니까 괜찮아요. 내가 엄마를 도와줄 거니까요."

"아가."

엄마는 아들을 꼭 끌어안았습니다.

"엄마, 괜찮아요. 내가 얼른 클 테니까 조금만 기다리세요."

맥 엄마는 그냥 말 없이 길기도 하고 짧기도 한 코를 훌쩍거릴 뿐이었습니다.

무슨 소리가 나서 확 눈을 떴다.

이야기를 듣다가 어느덧 잠이 들어 버린 모양이다.

소파에 앉아 등받이에 몸을 기대고 푹 잠들어 버렸다. 어젯밤 꾸물거리며 늦게까지 깨어 있었던 게 문제였다.

그래도 동화의 마지막이 기억에 남아 있다. 이야기가 끝난 직후 순간적으로 잠에 빠진 것인지도 모른다.

아니면 모두 자신의 꿈속에서 마음대로 지어낸 이야기를 들었다고 착각하고 있는 것은 아닐까.

나는 두리번두리번 주위를 둘러보았지만, 좀 전의 여자의 모습은 더 이상 보이지 않았다.

몸을 일으키면서 무릎 덮개가 걸쳐져 있었음을 알아차렸다.

접수 직원이 덮어 준 것일까. 그래도 깨지 않았다니.

나는 이마를 탁 치고 무릎 덮개를 얌전히 접은 다음 창구로 가져갔다.

"저어, 실례합니다."

좀 큰 소리로 불렀다.

탁탁, 이쪽으로 발소리가 다가온다.

"네네."

"고마웠습니다."

카운터에 무릎 덮개를 놓았다. 그러고 나서 이런 좁은 틈으로 과연 들어갈 수 있을지 불안해졌다.

그때 문득 생각했다. 이곳은 분실물센터인데, 접수창구의 틈은 무릎 덮개가 고작이고 큰 물건 등은 통과할 수 없는 크기이다. 아무리 봐도 일반적인 분실물을 주고받기에는 적합하지 않다.

그러나 이야기라면 어떨까. 그것이 종이든 목소리든 다 통과할 수 있다.

역시 이곳은 이야기 전용 창구임에 틀림없다고 확신할 수 있었다.

"춥지 않았습니까?"

동작을 멈추고 생각에 잠겨 있는 내게 접수 직원이 물었다.

"무릎 덮개를 덮어 주셔서 따뜻했어요."

"제가 아니라 아까 손님이 걸쳐 주셨어요."

"앗, 좀 전의 여자분이요?"

"네."

그러고 보니 천에서 살짝 화장품 냄새가 났다.

접수 직원은 말했다.

"여자들 가방은 마법 같아서 필요한 게 대부분 들어 있지요. 작은 사탕부터 무릎 덮개까지."

'마법도 뭣도 아닌데' 하고 나는 생각했다.

노파심에 이것저것 가지고 다니는 여자들에 대해 아무것도 모르는 걸까. 이 사람은 애인이나 아내가 없는 걸까.

좀 짓궂은 생각을 떠올리면서도 무릎 덮개를 되돌려 주려면 어떻게 해야 할지, 창구에 맡겨 놓으면 될지, 나는 망설이고 있었다.

"괜찮아요. 이쪽에서 맡아 두겠습니다."

접수 직원은 칸막이 아래쪽에서 슬쩍 무릎 덮개를 가져갔다.

"아무것도 덮지 않고 자고 있는 아이가 아마도 마음에 걸렸겠지요. 부모들은 모두 그런 것 같습니다."

"그러고 보니, 저희 엄마도 그래요."

"호오."

"가까이에 무릎 덮개가 없을 때 엄마는 다양한 걸 제게 덮어 줘요. 잠에서 깨 보니 쿠션과 봉제 인형 밑에 파묻혀 있던 적도 있는걸요."

접수 직원은 웃었다.

그에 용기를 얻어 나는 조심스럽게 물어보았다.

"좀 전의 꿈 이야기, 그분 거였나요?"

"그렇습니다. 그 손님이 만든 이야기였어요."

"정말요?"

"그래서 돌려드렸어요."

이야기의 주인을 찾았다고 들은 것은 처음이다.

"잘됐네요."

나도 기분이 좋아졌다. 돌려주는 순간을 보지 못한 것은 유감이지만.

"다음은 손님 차례군요. 자, 찾아봅시다."

그렇게 말하고 접수 직원은 또 습득담 대장을 끌어당기는 것 같았다.

"잃어버린 것이 어떤 이야기였는지 기억났습니까?"

나는 고개를 가로저었다.

"모르겠어요. 점점 더 떠오르지 않아요."

"여자아이 이야기인 건 확실한가요?"

"그랬던 것 같아요."

여전히 안개 속을 헤매고 있는 나를 접수 직원은 도와주고 싶었는지

"꿈꾸는 여자아이 이야기도 많은데, 그런 종류는 아닌가요?"

하고 가벼운 말투로 물었다.

"아니에요."

나는 단호하게 대답했다.

"꿈꾸는 여자아이 이야기라니, 왠지 어리석은 것 같아요."

그렇게 말하고 나서 거북해진 나는 덧붙였다.

"저어, 그런 건 별로 좋아하지 않아서요."

잠시 침묵한 뒤 접수 직원이 말했다.

"여자아이든 남자아이든……."

온화한 음성이었다.

"꿈을 꾼다는 건 어리석은 게 아니에요."

허를 찔린 것 같아 나는 아무런 대꾸도 할 수 없었다.

"아무리 멋진 미래도 누군가 먼저 꿈꾸지 않고서는 시작되지 않으니까요."

반론하고 싶지만 적당한 말을 찾을 수 없어 둥근 의자를 양손으로 꽉 움켜쥐었다.

어금니를 악물고 있던 탓인지 관자놀이가 아파 왔다.

"머리가 좀 아파요."

"괜찮습니까?"

"선잠을 자서 그런지도 몰라요."

"아아, 깨워 드렸어야 하는 건데. 미안합니다."

이건 마치 되받아칠 말이 없어 분풀이로 접수 직원을 책망하고 있는 모양새다.

"괜찮아요. 아무렇지도 않아요. 늘 있는 일인걸요."

최대한 씩씩한 말투로 대답했다.

"전 머리나 다리 같은 데가 자주 아파요."

"실례지만, 병원에는 가 봤어요?"

"검사는 해 봤어요. 머리가 아픈 것은 어머니를 닮아서 그렇고, 다리는 병원에서 성장통이라고 하고요. 그러니까 걱정 없어요."

"그래요. 그래도 어딘가 아프다는 건 좋지 않은 일이지요."

"네."

두통은 그렇다 해도 성장통이라는 게 특히 성가셨다. 밤이 되어 고요해지면 무릎뼈가 삐걱삐걱 소리라도 날 것처럼 아파졌다.

몸속에 있는 난쟁이가 내 다리뼈로 매우 서투르게 바이올린을 켜고 있는 것 같아 잠을 이룰 수가 없다.

"성장통은 머지 않아 나을 거라고 의사 선생님이 그러셨어요."

"성장이 멈추면 낫겠지요."

"이제 멈춰도 상관없는데요."

"아직 안 돼요. 좀 더 커야지요."

"네. 조금만 더 참을게요."

나는 코트를 입었다.

"오늘은 이만 집에 갈게요."

"그러는 게 좋겠어요. 아무쪼록 조심하세요."

"네."

내 속에서 오늘 밤도 난쟁이가 바이올린을 서툰 솜씨로

연주할 것 같다.

　나는 아픈 머리가 울리지 않도록 느릿느릿한 발걸음으로
역을 뒤로 했다.

목요일

t h u r s - d a y

꿈의 집

───────   전철에서 내린 순간 산에서 불어오는 바람을 정면으로 맞았다.

이 차디찬 바람만큼은 좀처럼 익숙해지지 않는다.

바람을 그대로 맞아야 하는 승강장에서 달아나기 위해 분실물센터를 향해 발걸음을 재촉했다. 개찰구를 빠져나오자 어제 접수 직원과 주고받은 대화가 다시 떠올랐다.

꿈을 꾼다는 게 나쁜 일은 아니라는 말을 들었을 때 나는 아무런 말도 하지 못했다. 나쁘다고는 생각하지 않지만 강요당하는 것이 싫은 것뿐이라고, 그렇게 응수했다면 좋았을 텐데.

꿈을 찾으라는 말을 들으면 마치 협박을 당하고 있는 듯한 기분이 든다.

거기까지 생각하다가 대합실 중앙에 멈춰서 버렸다.

나는 무언가를 꿈꾼 적이 있었던가.

장래 희망은 꽃집 주인, 케이크 가게 주인 등으로 초등학생 때 대답했던 것을 기억하고 있다. 모두 임시변통의 즉흥적 착상이었다. 완전한 거짓말은 아니라고 해도 마음으로부터 바란 것이 아니고 주위 분위기에 맞추었을 뿐이다.

지금도 똑같다. 반드시 이루고 싶은 꿈 같은 건 지금의 나에겐 없다. 그래서 접수 직원에게 말대꾸를 할 수 없었던 것이다. 그래도 그것을 나쁘다고는 여기지 않는다.

기분이 개운치 못한 상태로 종종걸음으로 달리기 시작했다.

개찰구를 지나 분실물센터 앞까지 왔다.

그 기세 그대로 방으로 뛰어들었다.

그런데 이번에도 선수를 친 사람이 있었다.

오늘은 작은 손님이다. 오도카니 의자에 앉아 있다.

남자아이였다.

나는 기세가 꺾여 멍하니 그 아이의 등을 응시했다.

초등학교에 들어간 지 얼마 안 된 듯하다. 등에 짊어진 책가방에는 아직 노란 비닐이 씌워져 있다. 뒤에서 보면 마치 책가방과 모자가 동그마니 의자에 놓여 있는 것 같다.

남자아이는 둥근 의자에 앉아 다리를 흔들흔들 움직이고

있다.

"제 이야기, 찾아 주세요."

"그래. 찾아보자."

접수 직원의 목소리도 평소보다 더 친절하다.

"제가 잃어버린 이야기는요, 아주 멋진 이야기였어요."

"아주 멋진 이야기였단 말이지."

고개를 숙이고 발끝으로 툭, 툭, 벽을 차고 있다.

"네."

"찾아 볼 테니까 조금만 기다려라."

"네."

작은 남자아이는 앉은 채 의자를 돌렸다. 빙그르 한 바퀴
돌다가 딱 멈추더니 갑자기 머리를 들었다.

"우리 집, 새로 지을 거예요."

둥근 창문을 향해 몸을 펴서 발돋움하듯이 말하고 있다.

"좋은 집이에요."

"와, 좋겠네."

"제 방도 있어요."

"부러워라. 어떤 방일까?"

"아주 좋은 방이에요. 나, 그 방을 그렸어요. 그러니까 엄
청 멋진 이야기라고요."

"그래. 아주 좋은 집에 관한 이야기를 만들었구나."

"맞아요. 근사한 집. 꿈의 집에 관한 이야기예요."

"와, 꿈의 집이라고. 좋겠구나."

분실물센터 직원은 한동안 바스락거리더니 기뻐하며 말했다.

"아, 여기 있네. 틀림없을 거야."

접수 직원은 이야기를 시작했다. 나도 소파에 앉아 귀를 기울였다.

꿈 의 집

침대는 곰으로 할 거야.

그것도 포근하고 따뜻해 보이는 흰곰으로. 큰곰도 좋지만, 큰곰의 털은 좀 따끔따끔할 것 같아.

난 목덜미 같은 데가 따끔거리는 것에 민감해서 바로 가려워질 테니까, 부드러운 털이어야 해.

그러니까 침대는 푹신푹신한 흰곰.

소파는 사자로 할래.

사자가 엎드려 누워 있으면 갈기 부분이 꼭 알맞은 쿠션이 되어 줄 거야.

그리고 이건 비밀인데, 그 갈기 속에 여러 가지 물건을 감춰 둘 생각이야. 크레용이라든가 미니카라든가.

왜냐하면 여동생은 내가 소중하게 여기는 건 모두 갖고 싶어 하니까. 또 할짝할짝 핥아서 엉망으로 만들어 버리니까. 맛없으니까 그만두라고 빼앗아도 안 돼. 울면서 엄마를 불러오거든.

그러니까 덥수룩한 갈기 속에 숨기는 거야. 절대로 못 찾을걸.

만일 찾아낸다고 해도 괜찮아. 내 사자는 항상 입을 벌리고 있거든. 엄니를 늘 드러내고 있지. 그걸 보면 꼬맹이 여동생은 순식간에 튀어 올라 도망가 버릴 거야.

탁자는 악어로 정했어. 좀 울퉁불퉁해서 받침을 깔아야 할 테지만, 그 정도는 어쩔 수 없지. 시골에 계신 할머니한테 보내는 편지를 여기서 많이 쓸 거야.

우리 할머니는 예쁜 우표를 좋아하셔서.

그러니까 마침 잘됐지. 악어 입안에 손을 넣고 우표를 혀에 갖다 대는 거야. 멋지지. 한번 날름 핥게 한 뒤에 붙이면 편지 한 통 완성!

맞아, 앨리게이터와 크로커다일이 있지. 어느 쪽이든 괜찮아. 주둥이가 아주 길기만 하다면.

코뿔소도 있어. 방의 한쪽 구석이지만.

모자라든가 체육복 주머니라든가 줄넘기 줄이라든가 여러 가지 걸어야 할 물건이 있으니까. 그런 걸 모두 뿔에 걸어 둘 거야. 틀림없이 아주 편리하겠지.

줄넘기는 자신 있지만 줄은 쓰지 않을 거야.

뱀으로 줄넘기를 할 거니까, 뱀넘기지.

긴 뱀으로 휙휙 뛰어야지. 코브라는 무늬가 있어서 최고로 근사할 거야.

뱀도 사용하지 않을 때는 코뿔소 뿔에 칭칭 감아 두면 방해가 되지 않을 거야. 내 아이디어 좋지 않아?

의자는, 그래, 고릴라로 하자.

음, 고릴라를 앉히고 내가 거기 앉는 거야. 편하다, 편해.

손에는 주스나 초콜릿을 들리는 거야.

게다가 동물이라서 되게 따뜻해. 따끈따끈 푹신푹신.

마당에는 거대한 코끼리 미끄럼틀을 놓아. 아니, 공원에 있는 것과는 다르지. 누가 뭐라고 해도 진짜 아프리카 코끼리니까.

아프리카 코끼리의 엄청나게 굵은 코를 타고 미끄러져 내려가는 거야. 신나겠지?

우리 집, 너무 좋지?

정말 즐거울 거야.

곰에 사자, 악어에 코뿔소, 코브라에 고릴라에 아프리카 코끼리. 전부 살아 있는 동물들이라고. 아아, 다들 그대로 절대 움직이지 않겠다고 약속해 주면 얼마나 좋을까.

접수 직원이 이야기 끝내기를 기다렸다는 듯이 남자아이가 말했다.

"제 이야기예요!"

"잘됐구나. 네 이야기를 찾아서."

"네."

"그럼 돌려줄게."

부스럭부스럭 소리가 났다.

드디어 이야기가 주인에게 돌아가는 것이다.

나는 목을 길게 빼고 카운터를 응시했다. 다행히 남자아이는 몸집이 작기 때문에 시야를 가리지 않고 잘 보였다.

이야기는 대체 어떤 형태로 되돌아오는 것일까. 나는 기대감으로 가슴이 부풀었다.

그 순간을 놓치지 않으려고 눈을 부릅뜨고 있자니, 칸막이 아래쪽에서 종이가 스르르 밀려나오는 것이 보였다.

그것은 도화지였다.

한쪽에는 스케치북을 찢으면 생기는 들쭉날쭉한 자국이 있고 종이 한가득 크레용으로 그림이 그려져 있는 것을 알 수 있다.

남자아이는 칸막이 틈에서 나온 도화지를 확인해 볼 생각인지 카운터 위에 펼쳤다.

큰 지붕이 그려져 있는 것이 보였다. 그 밑에 있는 것은 사자일까. 털실 뭉치 같은 덥수룩한 얼굴이 보인다. 틀림없이 흰곰이랑 고릴라도 있을 것이다. 여동생 같은 작은 여자아이도. 거기에 할머니와 우표까지 그려져 있는 것을 언뜻 엿볼 수 있었다.

크레용이 군데군데 잼처럼 두껍게 굳어 있다.

"네 이야기지? 전철 안에 떨어져 있었단다."

"네."

남자아이는 만족스러운 듯이 말했다.

"나의 새로운 꿈의 집이에요."

나는 상상한다. 학교 미술 시간, 도화지를 건네받아 자유롭게 그림을 그리는 수업. 주제는 '나의 꿈의 집'.

크레용이 두껍게 뭉쳐 있는 곳일수록 힘을 모아 열심히 그린 부분이다.

중얼중얼 혼잣말을 하면서 마무리했을지도 모른다. 말을 그림 안에 넣고 발라 버리듯이.

그건 그렇고, 접수 직원은 도대체 무엇을 읽은 것일까. 저 아이의 그림 속에서 이야기를 찾아낸 것일까.

그림 속에 감춰진 언어를 주워 이야기를 해독하는 것도 분실물센터 직원의 일인 것일까.

"고맙습니다."

남자아이는 도화지를 받아들자 둥근 의자에서 폴짝 뛰어

내렸다. 그리고 소파 쪽으로 다가와서 도화지를 둘둘 말더니 책가방 속에 밀어 넣었다. 책가방 덮개를 덮고 짊어질 때가 되어서야 알아차렸는지 깜짝 놀란 듯한 동그란 눈으로 나를 쳐다보았다.

나는 남자아이를 향해 웃어 보였다.

다른 사람이 건네는 미소에 화답한 적은 있지만, 내가 먼저 웃어 보인 것은 이번이 처음인지도 모른다.

남자아이도 싱긋 웃음 띤 얼굴을 보여 주었다.

난로 탓인지, 이야기 탓인지 남자아이의 볼은 분홍빛으로 물들어 있다.

남자아이는 돌아갈 때 나를 향해 작은 손을 흔들었다.

나도 인사말과 함께 손을 흔들었다.

"바이바이."

남자아이가 나가 버리고 나서 소파에서 일어섰다.

"오늘은 이만 가 볼게요."

"그래요? 알겠습니다."

"또 올게요."

"네."

여기 있는 동안 내 몸이 꽤 따뜻해져 있었나 보다. 놋쇠 손잡이를 잡았을 때 선뜩거려서 잠깐 놀랐다.

통로를 걸어 역사를 나왔다.

이미 주위의 공기는 투명한 쪽빛으로 물들어 있다.

도로 정면으로 실루엣 같은 산이 시커멓게 우뚝 솟아 있다.

예전에는 귀중한 광석을 채굴할 수 있었다는 산이다.

이미 폐광이 되었지만 갱도가 산마루 끝에 몇 개인가 남아 있어 지금도 산에서 흘러나오는 강의 바닥에서는 빛나는 돌을 찾을 수 있다고 한다.

진귀한 돌을 손에 넣기 위해 당시에는 많은 사람들이 몰려들었다는 이야기다.

좀 전의 남자아이는 근사한 집을 꿈꾸었다.

그와 비슷한 꿈을 이 산에 찾아온 사람들도 품고 있었을지 모른다.

언젠가 멋진 집에서 아이들과 함께 사는, 그런 꿈을 꾸었던 사람이 있었을지도 모른다.

소중한 꿈을 가슴에 품은 채 온몸이 새까매져서 곡괭이를 휘두르고 광차를 타고 돌을 운반했던 사람들. 그런 사람들의 그림자가 저 산속에서 지금도 큰 소리로 떠들고 있는 것 같았다.

아무도 없어진 지금도 저 산은 아름다운 돌을 깊숙이 감추고 있는 것이다.

가만히 바라보고 있자니, 산도 지그시 나를 내려다보고

있는 것 같았다.

　마치 내게 할말이라도 있는 것처럼.

　잠시 후, 산 위에 가장 먼저 뜬 별이 보석처럼 빛나기 시작
했다.

금요일

f r i - d a y

행 복 한   나 비

——————　　　　전철에는 4인 좌석에 승객이 드문드문 앉
아 있다.

　오늘은 학교가 빨리 끝났다.

　아직 이른 오후라서 전철 안은 눈이 부실 만큼 밝다. 마치
네모난 상자에 쨍쨍한 햇살을 채워 넣은 것 같다.

　나는 빛의 쿠션에 파묻힌 계란이 되어 어딘가로 실려 가
는 기분이다. 짐을 부릴 역은 아직 멀리 있어서 한참을 상자
속에서 흔들리며 가야 한다.

　눈이 부신 건지 졸린 건지 눈꺼풀이 저절로 내려온다. 좁
아지는 시계 안에서 게슴츠레 전철 안을 바라보고 있었다.

　연결기 맞은편에 옆 차량이 이어져 있다. 네모난 프레임으
로 선을 두른 맨 끝 차량은 흔들흔들 불안정하게 움직이고

있다.

거기에 서 있는 사람을 본 순간, 단번에 잠이 깨고 말았다.

그였다.

요즘 왠지 내 주의를 끄는 사람이 이웃한 차량에 타고 있었던 것이다.

아마 나보다 한 살이나 두 살 연상일 것이다. 학교는 어디인지, 교복은 입고 있지 않다.

몇 차례 언뜻 보았을 뿐이다.

그는 언제나 좌석에 앉지 않고 서 있다. 손잡이를 잡고 등을 쭉 펴고 있다. 어디 하나 흐트러진 데 없이 손잡이에 체중을 1그램도 싣지 않은 반듯한 자세다.

전에 봤던 때처럼 감색 외투를 입고 있다. 부드러운 곱슬머리와 흰 셔츠 위로 보이는 청결한 목덜미에 무심코 눈길이 가고 만다.

전철의 다른 곳을 쳐다보는 척하며 흘깃흘깃 훔쳐보는데, 그때마다 갈비뼈 사이가 좁아지는 느낌이 들면서 호흡이 어려워진다.

정해진 시간에 만날 수 있는 것은 아니다.

가끔씩 마주치는 걸로 보아 통학이 아니라 때마침 이쪽 방면에 볼일이 있어서 전철을 타는 것 같다.

내가 내리는 역보다 먼 곳까지 가는지 항상 내가 먼저 내리고 만다.

그를 남겨두고 내릴 때마다 나는 자신 속의 무언가를 조금씩 전철에 두고 가는 듯하다. 그것이 점점 쌓이고 쌓여서 언젠가 그가 눈치를 채게 되지는 않을지 불안하다.

멀게 느껴졌던 역은 이런 날만 가까워지는지 어느새 도착해 버렸다. 할 수 없이 나는 전철에서 내렸다.

문이 닫히고 움직이기 시작한 차량을 눈으로 배웅했다.

그때 그와 한순간 시선이 마주친 것 같았다.

잠시 그 자리에 못 박혀 있다가 지면에서 약간 뜬 상태로 둥실둥실 걸어가 분실물센터 앞에 서서 문손잡이를 잡고 돌렸다.

안으로 들어가 보니 오늘은 매우 조용하다.

나는 창구를 향해 둥근 의자에 말없이 앉았다.

"오늘은 딱 한 개 도착했어요."

접수 직원은 언제나처럼 말한다.

"네."

"주인을 찾지 못한 게 하나뿐이에요."

"네."

"들어 보실래요?"

"네."

"지금 이야기를 시작해도 될까요? 저어…… 무슨 일 있습니까? 괜찮아요?"

그 말을 듣고 겨우 정신을 차린 나는 찰싹찰싹 손으로 볼을 때렸다.

"죄송해요. 좀 멍해졌었어요."

나는 의자의 위치를 바로잡고 몸을 정면으로 향했다.

"이제 괜찮아요. 들려주세요."

습득담 대장이 책상 위, 유리판 바로 맞은편에 펼쳐져 있는 것이 살짝 보였다.

"그럼 읽을게요."

"네. 부탁해요."

행복한 나비

푸른부전나비라는 이름의 나비가 있습니다. 이름 그대로 자줏빛을 띤 파란 날개가 달려 있습니다. 아름다운 파란 날개 안쪽은 소박한 흰색입니다.

푸른부전나비 두 마리가 정원 위를 날고 있었습니다.

마치 파란 하늘 조각 두 개가 떼어져 팔랑팔랑 떨어지고 있는 것 같습니다.

대부분의 꽃이 활짝 핀 밝고 예쁜 정원입니다. 한 귀퉁이만 빼고요.

장미를 심은 부분만 어두워 보입니다.

"저 장미꽃은 이제 피지 않을 거야."

암컷이 대답합니다.

"이제 피지 않겠지."

"우리 탓이야."

"우리 탓이겠지."

분명히 장미꽃은 한 송이도 피어 있지 않습니다.

"장미는 부드럽고 달콤했어."

이 나비들이 애벌레였을 때 꽃봉오리를 먹어 버렸기 때문입니다.

"우리는 꽃봉오리를 먹고 자랐어."

"꽃봉오리와 똑같이 자랐지."

두 마리는 정원에 심은 꽃 위에 앉았습니다.

"넌 장미 꽃봉오리처럼 예뻤어."

"그것밖엔 먹을 게 없었지."

"꽃봉오리 흉내를 내야 했어."

"찌르레기나 개똥지빠귀에게 잡아먹히지 않으려면."

나비들은 둥글게 말린 입을 풀더니 서로 휘감았습니다.

그러고 나서 나란히 앉아 같은 꿀을 빨았습니다.

정원의 향기는 바람의 방향에 따라 집안까지 흘러 들어갈
때도 있습니다.

침대에 누운 교코 씨는 꽃향기가 난다고 하면서 눈을 감
았습니다. 감은 눈꺼풀에는 머리카락과 마찬가지로 흰 속눈
썹이 섞여 있습니다. 요즘 들어 갑작스럽게 머리카락도 볼도
색을 잃어 가고 있는 것 같습니다.

남편인 사토시 씨는 말을 건넵니다.

"침대를 좀 더 높여 줄까? 정원이 잘 보이도록."

"아니. 충분해."

건강했을 때 교코 씨가 정성껏 보살핀 정원입니다. 그녀가 병들고 나서부터는 사토시 씨가 대신해서 돌봐 왔습니다. 그는 벌레 먹은 장미를 제외하고 다른 것들은 어지간히 잘 보살펴 왔다고 자부하고 있습니다.

"장미는 참 가엾게 되었어."

"어쩔 수 없지."

"그래도 다른 꽃은 예쁘게 피었으니까, 잘 봐."

"미안. 눈이 피곤해."

요즘 교코 씨는 침대에 앉는 것조차 성가셔 하는 것 같습니다.

처음에는 컨디션이 좀 좋지 않은 정도로 보였습니다. 그런데 앓아누워 있는 사이 점점 자리에서 일어날 수 없게 되어 버린 것입니다. 교코 씨의 나이 정도가 되면 마음가짐이 가장 중요할지도 모른다고 의사 선생님은 말했습니다.

교코 씨는 익살맞은 몸짓으로 천장을 가리킵니다.

"내가 먼저 가서 자리를 잡아 놓을게."

사토시 씨는 아내가 다시 기운을 차리도록 하기 위해 생각나는 것은 모두 시도해 보았습니다. 맛있는 음식을 차리기도 하고 좋아하는 음악을 들려주기도 했습니다.

그러나 모두 소용없었습니다.

그래서 이번에는 아들을 불러들였습니다.

일 때문에 멀리 아프리카 땅에 가서 살고 있는 외아들이 소식을 듣자 급히 달려왔습니다.

오랜만에 아들을 만나자 교코 씨의 눈이 반짝였습니다. 그래서 한때는 건강을 되찾은 것처럼 보였습니다.

하지만 아들에게도 자신의 삶이 있습니다. 계속 그러고 있을 수만은 없지요.

얼마 지나지 않아 아들은 다시 머나먼 땅으로 돌아갔습니다.

한 번 손에 쥔 보물을 빼앗기는 것은 아무것도 갖지 못했을 때보다 더 고통스러울지도 모릅니다. 이후의 교코 씨는 전보다 더 기력을 잃은 것처럼 보였습니다.

사토시 씨는 정원을 바라보았습니다.

그러고 있으려니 건강했던 시절의 아내 모습이 눈에 선합니다.

교코 씨는 언제나 밀짚모자에 초록색 스카프를 두르고 열심히 정원을 가꾸었습니다. 정원에 몸을 구부리고 있는 그녀를 사토시 씨는 찾지 못할 때가 종종 있었습니다. 꽃과 풀에 가려지기 때문입니다. 그럴 때 사토시 씨는 교코 씨의 이름을 마구 불러 봅니다. 그러면 등을 돌리고 있던 커다란 꽃이 빙그르 방향을 바꾸며 어디선가 웃음 띤 얼굴이 나타나는 것입니다. 그 모습이 보고 싶어 사토시 씨는 몇 번이고 이름을 불러 대곤 했습니다.

추억의 정원에서는 그 미소가 사라지지 않습니다.

스타티스가 별 모양의 꽃을 피울 무렵의 일입니다.

사토시 씨는 꽃집에서 화분을 하나 사 왔습니다. 푸른빛이 나는 작은 꽃입니다. 그것을 침대에서도 잘 보이는 창가에 놓았습니다.

"예쁘지?"

사랑스러운 꽃을 보고 교코 씨는 평소와 달리 눈을 크게 떴습니다. 그녀는 파란색 꽃을 좋아합니다. 제비꽃, 용담, 라벤더 등 정원에는 늘 어딘가에 파란 꽃이 피어 있습니다.

사토시 씨는 주머니에서 작은 종이를 부스럭거리며 꺼낸 뒤에 안경을 썼습니다. 그리고 얼굴에서 멀리 떼어 놓고 그 꽃의 이름을 더듬거리며 읽었습니다.

"클레로, 덴, 드룸."

"약 이름 같아."

"또 다른 이름은 블루 엘핀. 파란 요정이래."

"파란 요정?"

그도 그럴 것이 꽃이 핀 모습이 마치 줄기 끝에 요정이 붙잡혀 있는 것 같습니다. 줄기 하나에 요정 한 명. 이 화분에는 꽃이 여섯 송이 피어 있으니까, 여섯 명의 작은 요정들이 수다를 떨고 있는 것처럼 보였습니다.

사토시 씨는 신바람이 나서 말했습니다.

"아프리카가 원산지래."

그 말을 듣고 교코 씨는 꽃을 찬찬히 응시했습니다.

분명히 둥글게 말린 수술과 암술도 진한 색의 꽃잎도 정말이지 이국의, 그중에서도 아프리카의 아름다움을 떠오르게 합니다.

교코 씨는 그 꽃이 마음에 든 모양입니다. 따뜻한 낮 시간에는 밖에 내놓고, 해가 저물기 전에 방에 들여놓아 달라고 사토시 씨에게 부탁했습니다.

사토시 씨는 안심했습니다. 그리고 아내가 다시 기력을 회복해 줄 것이라는 기대에 부풀었습니다.

오후의 정원에서 나비 두 마리가 날고 있습니다. 악보에서 음표 두 개가 빠져나온 것처럼 발랄하고 경쾌하게 말이지요. 사토시 씨는 물을 주던 손을 멈추고 푸른부전나비들을 바라보다가 무심코 미소를 지었습니다. 세상에는 이처럼 행복한 풍경이 아직 존재한다는 것을 오랜만에 깨달았던 것입니다.

사토시 씨는 교코 씨의 방 쪽으로 뛰어가 밖에서 창문을 활짝 열었습니다.

"나비가 날고 있어. 한번 봐봐."

그러나 교코 씨는 대답하지 않습니다.

"여기, 파란 나비야. 아주 예뻐."

햇빛에 눈이 따가운지 교코 씨는 눈을 감아 버립니다. 사토시 씨는 힘없이 파란 꽃을 바라보았습니다.

"저 화분을 사지 말았어야 했어."

사토시 씨가 어깨가 처진 채 그렇게 중얼거리는 것도 무리는 아닙니다. 아내의 기운을 북돋우려고 들여놓은 것이 도리어 화를 불러왔으니까요.

교쿄 씨는 이 꽃에 품은 애정이 너무 커서 그런지 꽃이 시들어 떨어질 때까지가 자신의 수명이라는 말을 얼마 전에 꺼냈습니다. 더구나 이미 네 송이의 꽃이 떨어진 이후에 말입니다.

젊은 시절에 둘이서 읽은 어느 이야기에 빗댄 것입니다. 어리석은 말 하지 말라고 아무리 얘기하고 화를 내도 들으려 하지 않습니다. 인생의 마지막 정도는 나름의 유머를 즐기게

해 달라며 힘없이 웃는 것입니다. 말은 그렇게 하면서도 매일 꽃이 있는지 없는지를 확인합니다.

말이 씨가 된다고, 정말로 그렇게 되는 것이 아닌지 두려워져서 사토시 씨는 제정신이 아닙니다.

'어서 꽃을 집안에 들여놓아야지' 하고 중얼거리며 사토시 씨는 화분을 손에 들고 집으로 향합니다. 어쨌든 되도록 시들지 않게 살뜰히 보살피는 수밖에 없습니다.

그때 사토시 씨는 눈앞을 가로지르는 나비를 보고 멈춰섰습니다.

"저 나비가 전해 주면 얼마나 좋을까."

나비를 향해 작게 중얼거렸습니다.

"혼자 가 버리지 말라고 전해 주면 얼마나 좋을까."

그런 사토시 씨의 마음을 아는지 모르는지 나비들은 나풀나풀 춤을 추고 있습니다.

어느 늦은 오후, 외출했던 사토시 씨는 집에 돌아오자마자 정원으로 발걸음을 재촉했습니다.

밖에 나가 있는 사이 바람이 강해져서 걱정이 되었던 것입니다. 서둘러 화분으로 다가간 사토시 씨의 얼굴빛이 새하얗게 질렸습니다.

꽃이 모두 떨어져 버린 것입니다.

오늘 아침에 정원에 내놓을 때는 분명히 두 송이 피어 있었는데, 지금은 줄기만 남아 화분 안에서 덧없이 흔들리고 있을 뿐입니다. 바람에 휩쓸려 갔는지 주위에는 꽃잎 하나 남아 있지 않습니다. 정원에 내놓는 게 아니었다고 후회해 본들 지금 와서 아무 소용없는 일입니다.

사토시 씨는 고민에 고민을 거듭했습니다. 어떻게든 다른 꽃으로 눈속임을 할 수는 없을까. 비슷한 화분을 구해 보면 어떨까. 무슨 수를 써서든 이 난국을 수습해야 할 텐데. 지금 당장.

망연자실하여 멈춰 선 사토시 씨의 곁에서 언제 왔는지 푸른부전나비 두 마리가 날고 있습니다.

사토시 씨의 어깻죽지를 스쳐 간 나비들은 화분을 향해 곧장 내려왔습니다. 그리고 빛나는 푸른빛 날개를 펼친 채 줄기 끝에 살포시 앉았습니다.

사토시 씨는 눈을 크게 떴습니다.

마치 다시 꽃이 핀 것처럼 보였던 것입니다.

요정이라는 이름이 붙은 꽃이지만, 정말로 닮은 것은 요정보다는 나비였음을 비로소 깨달았습니다.

사토시 씨는 빌었습니다. 부디 날아가지 말고 그대로 있어 달라고.

숨을 죽이고 화분을 살짝 움직여 봅니다. 그래도 두 마리의 나비는 그대로 있습니다.

기도하는 마음으로 창문 안으로 들여놓습니다. 나비들은 그래도 가만히 있습니다.

화분을 창가에 내려놓아도 나비들은 날개 한번 움직이지 않고 조용히 줄기 끝에 앉은 채로 있었습니다.

원래는 접혀 있어야 할 파란 날개를 왜 펼쳐 주고 있는 건지, 왜 꼼짝 않고 앉아 있어 주는 건지 사토시 씨는 알지 못합니다.

그냥 아무 말 없이 그 신기한 광경을 응시하고 있었습니다.

아무 것도 모르는 교코 씨는 창가로 돌아온 화분에 눈길을 주고 나서 안심한 듯이 숨을 돌렸습니다.

어느 날 동트기 전, 아직 사람도 초목도 잠들어 있는 시간입니다.

화분 위에서 푸른부전나비들만이 희미하게 흔들리고 있습니다.

"우리, 무엇이 되어 있는 거지?"

"꽃이 되어 있어."

"맞아. 넌 아주 아름다운 파란 꽃이야."

두 마리의 날개는 이제 여기저기 찢어지기 시작하고 있습니다.

"어린 시절 우리는 무엇이 되었더라?"

나비들은 쇠약해져서 이제는 어렴풋이 추억을 떠올릴 뿐입니다.

"분명히 꽃봉오리가 되어 있었어."

"그랬지. 우린 장미 꽃봉오리 행세를 했어."

"장미한테는 몹쓸 짓을 했지."

"몹쓸 짓이었어. 장미에게도, 장미를 키운 사람에게도."

상처 입은 날개를 부르르 떱니다.

"꽃봉오리인 체하지 않았으면 개똥지빠귀한테 잡아먹혔을 거야."

"그래서 우린 개똥지빠귀한테 잡아먹히지 않고 나비가 될 수 있었어."

"나비가 될 수 있었지. 너와 함께 나비가 되었어."

두 마리는 바싹 붙었습니다.

"행복했어."

"행복했지."

그러고 나서 그 가느다란 다리로 단단히 덩굴을 움켜잡은 채 너무나도 나비답게 팔랑팔랑 날개를 움직였습니다.

바람이 유리창을 울립니다.

소곤소곤 이야기를 나누던 나비들이 별안간 움직임을 멈추었습니다.

그것이 마지막이었습니다.

두 마리의 속삭이는 목소리도 더 이상 들리지 않습니다.

순간 밤하늘의 구름이 걷히고 한 줄기 달빛이 창가로 비쳐 들었습니다.

그러자 푸른부전나비들의 영혼이 날아 올라갑니다.

서로 장난치듯이 빙글빙글 나선을 그리며 금빛 길을 따라 위로 위로 올라갑니다.

얼마 안 있어 달이 숨고 빛은 사라졌습니다. 그리고 그 자체로 꽃이 된 나비들이 조용히 남겨져 있었습니다.

봄이 되어 정원에는 다시 다양한 꽃이 화려하게 피었습니다.

"여기 봐. 이런 곳까지 꽃이 피었어."

열심히 정원을 돌보던 사토시 씨가 교코 씨를 부릅니다.

"참 신기하지?"

작은 잡초가 에어컨 실외기 틈에서 얼굴을 내밀고 필사적으로 꽃을 피우고 있습니다.

교코 씨가 천천히 걸어오더니 사토시 씨의 어깨에 손을 얹고 들여다봅니다.

"정말이네."

사토시 씨는 고개를 끄덕였습니다. 꽃이 되어 준 나비도 있으니, 이 정도는 신기한 일도 아닐지 모른다고 생각하면서요.

"저기 봐."

교코 씨는 스카프를 누르면서 하늘 한 구석을 가리킵니다.

하늘 한 조각이 팔랑팔랑 떨어지는 것 같습니다.

봄에 막 돌아온 파란 나비들이 즐거운 듯이 날고 있었던 것입니다.

두 사람은 나란히 서서 푸른부전나비의 아이들을 눈이 부신 듯 쳐다보고 있습니다.

이야기가 끝났다.

나는 고개를 들고 접수 직원에게 물었다.

"나비들은 그것으로 좋았을까요?"

"무슨 말이지요?"

"인간을 위해 꽃이 되다니, 왠지 아닌 것 같아서요. 살아 가는 내내 하늘을 날아다니며 생명을 불태우는 것이 나비들의 삶 아닐까요?"

"그럴지도 모르겠군요."

"누군가를 위해 희생하는 나비라니, 어떻게 받아들여야 할까요."

나는 고개를 기울였다.

"뭐랄까, 허울 좋은 이야기 같아요."

"왜 그렇게 느끼는 거지요?"

"왠지 믿음이 안 가요. 생물은 모두 자신의 행복이 가장 중요하잖아요. 누군가를 위해 희생 따위 하고 싶진 않을 거예요."

"자신의 행복이 가장 중요하다고요?"

새삼 상대가 되풀이하니 왠지 부끄러운 말을 한 것 같은 기분이 든다. 나는 황급히 말을 바꾸었다.

"마지막까지 하늘을 날면서 나비로서의 삶을 착실하게 살아 주길 바랐어요. 꿀도 빨지 않고 화분 안에서 죽어선 안 되지요. 생명을 제멋대로 낭비하면 안 된다고 생각해요."

"아무리 자신의 생명이라도 말이지요?"

"맞아요. 생명은 스스로 만든 게 아니에요. 부여 받은 거지요. 부여 받은 것을 어떻게 사용해야 하는가, 그게 중요한 숙제인 것 같아요."

"숙제? 그렇군요. 그럼 어떤 부분을 채점하지요?"

"성실하게 살았는가 여부지요."

그렇게 대답하고 나서 불현듯 자신이 올바른 말을 하고 있지 않다는 생각이 들었다. 성실한 삶이라니, 내 입에서 나온 말인지조차 의심스러워졌다.

둥글게 말린 꼬리와 쫑긋 선 귀가 있다면 얼마나 좋을까. 그러면 꼬리를 말고 귀를 접은 채 엎드려 버릴 수 있을 텐데.

그러나 개로 태어나지 못한 나는 언어로 생각을 전하지 않으면 안 된다.

머리가 핑핑 돌 정도로 고심하던 중에 갑자기 다른 착상이 떠올랐다.

"맞아요. 슬펐는지도 몰라요."

"누가요?"

"나비들이요. 자기들은 행복하지 않다고 느낀 거예요."

"행복하지 않다고요?"

"설사 어쩔 수 없었다고 해도요."

나는 잡동사니 투성이의 방을 뒤집어엎듯이 애써 단어를 찾았다.

"음, 꽃봉오리를 먹는다든가 생명을 빼앗는다든가, 그것이 원래 살아간다는 것이라고 해도……. 자신들이 살아남기 위해 어쩔 수 없었다고 해도, 그래도……."

그래도 나비들은 슬펐다. 약간의 비애도 없이 살아갈 수는 없지 않을까. 설령 자기 죄를 알아차리지 못했다 해도.

거기까지 이야기하던 중에 느닷없이 한 가지 의문이 머리를 스쳤다.

나는 대체 무슨 말을 지껄이고 있는 걸까. 우선 여기서 해야 할 말은 이 이야기가 자신이 잃어버린 이야기인지 여부였다. 그것을 까맣게 잊고 있었다.

"아, 저기, 그건 그렇고, 이것도 제 이야기는 아니었어요."

"네. 알겠습니다."

이제 이걸로 끝이라고 체념했다. 말이 지나치게 많았다. 대체 오늘은 어떻게 된 걸까, 스스로도 질릴 만큼.

이 이상 업무를 방해하지 않으려고 허둥지둥 돌아갈 준비를 했다.

"어쨌든 나비들처럼……."

"네?"

"어쨌든 나비들처럼, 저도 그렇게 누군가와 함께 살아가고 싶어요."

나는 칸막이 쪽으로 다시 눈길을 주었다.

이 유리판 맞은편에서 접수 직원도 누군가를 떠올리고 있는 것일까.

"저는 누군가와 함께 나이를 먹어 가고 싶어요."

그 말이 둥근 플라스틱 구멍을 살짝 빠져나와 마치 부드러운 깃털처럼 내 귀를 간질였다.

"저도요."

나는 일어섰다.

"또 올게요."

"네."

뒤쪽으로 문을 닫고 단조롭게 탁탁 울리는 내 발소리를 들으면서 통로를 걸었다.

도중에 별안간 한 가지 생각이 떠올라 가슴이 쿵 내려앉았다.

누군가를 위해 희생하는 것. 그것은 역시 고귀한 일인지도 모른다. 그 나비들 역시 마지막에는 행복했을지도 모른다.

그런 생각이 어떤 전조도 없이 마음속에 살짝 내려앉았던 것이다.

어쩌면 그 푸른부전나비들은 때를 골라 나타나는 것인지도 모른다. 가령 자기 자신보다 소중한 존재가 있음을 깨달았을 때.

　나는 조용히 걸었다. 행복한 나비들이 어딘가로 달아나지 않도록 내 가슴을 가만히 감싸 안으면서.

토요일

s a t u r - d a y

암흑 유령

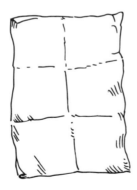

——————　　　　　오늘도 분실물센터를 향해 좁은 통로를 걷
고 있다.

　이렇게 매일 다녀도 내 이야기를 찾게 될 것 같지는 않다.
벌써 어딘가로 사라져 버렸을지도 모른다.

　그래도 상관없다.

　내 것이 아니라 해도 이야기를 듣는 것만으로도 좋다. 내
게 있어서는 둘도 없는 소중한 시간인 것이다.

　분실물센터의 문이 보이기 시작했을 때, 갑자기 문이 열리
더니 누군가가 기운차게 뛰어나왔다. 그리고 내 어깨와 쿵
부딪쳤다.

　비틀거리는 나를 순간적으로 떠받치려고 했는지 그 사람
이 내 팔을 붙잡고 끌어당겼다.

마치 옴짝달싹 못하게 껴안은 꼴이 되어 버려 깜짝 놀라 상대의 얼굴을 올려다보았다.

그 순간 숨이 멈출 것 같았다. 전철에서 가끔씩 본 그였던 것이다. 얼마나 둘이서 그러고 있었는지 알 수 없다. 그가 입고 있던 외투의 매끄러운 감촉, 가까이서 본 다갈색 눈동자, 그 모든 것이 영원처럼 느껴졌다.

그런데 정신을 차리고 보니 어느새 나는 팔을 빼면서 그의 가슴을 밀어내고 있었다.

그는 허둥지둥 몸을 떼고 머리를 숙였다.

"죄송합니다."

여느 때와 같이 턱을 당기고 반듯하게 선 자세가 아니라 등을 구부리고 난감해하는 듯한, 울 것 같은 얼굴로 보였다.

나는 가방의 어깨끈을 누르면서 고개를 떨구었다.

그것뿐이다.

얼굴을 들지 못하고 있는 사이 그는 사라져 버렸다.

나는 뒷모습조차 바라볼 수 없었다.

마치 머리를 쑥 뽑아낸 것처럼 멍하니 오른발과 왼발을 교대로 옮길 뿐이었다.

정신을 차려 보니 분실물센터 안에 들어와 있었다.

아무 말도 하지 않고 창구 앞에 서 있었다.

"안녕하세요."

접수 직원은 칸막이 건너편에서 언제나처럼 말을 걸어 주었다.

"앉으세요."

나는 말없이 둥근 의자에 앉았다.

접수 직원은 일을 하던 도중인 것 같았다.

"조금만 기다려 주세요."

그러나 나는 기다리지 못하고 물었다.

"방금 나간 사람 있잖아요."

"아, 네……. 아는 사이인가요?"

"아뇨."

가방끈을 만지작거리면서 애써 태연을 가장하며 질문했다.

"그 사람, 뭐 하러 온 거예요? 그 사람도 잃어버린 이야기를 찾으러 온 건가요?"

"아니에요. 전해 주러 온 겁니다. 이야기가 떨어져 있었다면서요."

"이 역에요? …… 그렇다면 이 마을 사람일까요?"

"글쎄요. 이 부근에서 분실물센터가 있는 역은 여기뿐이니까요."

"그래요? 전해 주러 온 거군요."

"네."

"맞아요!"

나는 의자에서 일어섰다.

"내가 떨어뜨린 건지도 몰라요. 내가 잃어버린 이야기를 주워 왔을지도 몰라요."

"네?"

"틀림없어요. 가능한 일이잖아요."

그와 나 사이에 이어지는 무언가가 있을지도 모른다. 그렇지 않으면 생판 남을 이토록 신경 쓴다는 건 너무도 이상한 일이었다.

"저한테 지금 들려주시지 않겠어요? 그 이야기요."

"네, 알겠습니다."

약간 망설이면서도

"이게 손님이 찾고 있는 이야기라면 좋겠군요."

하고 격려하듯이 말해 주었다.

"네."

부산하게 준비를 하고 있는 것 같다.

"지금 받은 것이라서 아직 정리도 못했답니다. …… 그래도 일단 읽어 보기로 하지요."

"부탁드려요."

접수 직원은 자세를 바로잡고 읽을 준비를 시작했다.

나는 의자에 앉아 몸을 앞으로 구부리고 귀를 기울였다.

암흑 유령

암흑 유령은 잠들지 않아
잠자지 않는 아이를 잠들게 하지
암흑 유령은 외로움을 많이 타
아이를 재워 놓고 외로워하다
잠든 아이를 흔들어 깨운다네.

"저기 구석에 암흑 유령이 있어. 너무 무서워."

타쿠의 울음 섞인 목소리에 시치로는 담요를 뒤집어쑵니
다.

2인실밖에 비어 있지 않은데, 룸메이트가 울보 꼬마라니,
정말 최악이야.

발소리가 리놀륨을 깐 복도에 울려 옵니다.

하지만 간호사는 오지 않습니다.

시치로가 입원한 날, 타쿠의 어머니가

"잘 부탁해. 사이좋게 지내렴."

하며 웃어 보였습니다.

"저, 곧 퇴원할 거예요."

시치로는 되받아치듯이 대꾸했습니다.

난 축구도 피구도 잘해. 항상 누구한테도 지지 않았다고.

병원에 있는 나는 내가 아니야. 내가 아닌 사람한테 잘 부탁한다고 해 봤자 알게 뭐람.

"퇴원? 그럼, 시치로 형은 퇴원하면 나한테 편지 써 줄 거야?"

삐뚤삐뚤한 글씨로 주소를 쓰더니 꼬마 타쿠는 그 종이를 시치로에게 건넸습니다.

타쿠의 침대에는 종이학과 봉제 인형이 축제처럼 즐비하게 걸려 있습니다.

이제 종이학은 낡아 버렸습니다.

타쿠는 오늘밤도 울고 있습니다.

"암흑 유령, 정말 싫어."

커튼 틈으로 창문 너머 있는 집들의 따뜻한 불빛이 보입니다.

"시끄러워. 눈물은 다른 사람한테 옮는단 말야."

시치로는 커튼을 꼭 닫으려고 침대를 내렸습니다.

"다른 사람한테 옮기지 않도록, 넌 내일부터 격리실이야."

바깥의 밝은 빛이 시치로의 눈 속에서 희미하게 번져 나

갑니다.

"이것 봐. 벌써 옮아 버렸잖아. 타쿠, 이 바보. 암흑 유령도 바보야."

시치로는 주먹을 꽉 쥐었습니다.

── 아얏.

어둠이 목소리를 높였습니다.

"앗?"

── 꽉 쥐지 마.

옆에 있는 타쿠는 담요를 붙잡고 우는 것도 잊어버린 채 두리번거립니다.

── 내 끄트머리를 꽉 쥐지 말란 말야.

"누구야? 깜깜해서 안 보여."

── 그럼, 보이는 거야. 깜깜한 게 나니까.

타쿠가 커튼 밑의 더 어두운 곳을 가리키며 소곤거렸습니다.

"암흑 유령이야."

어둠이 스윽 움직였습니다.

시치로는 애써 용기를 냈습니다.

"끄트머리가 도대체 어디야. 어딘지 모르면 이번엔 짓밟아 버릴지도 몰라."

── 한쪽 끝은 커튼 밑 어둠이고, 또 한쪽 끝은 명왕성 저 편에 있어.

"그럼 내가 너를 끌어당기면 우주를 쭉쭉 잡아당기게 된 다는 거야?"

타쿠가 다시 울기 시작합니다.

"암흑 유령, 오지 마!"

어둠이 묻습니다.

── 왜 그렇게 어둠을 싫어하지? 난 이제 울음소리라면 지 긋지긋해.

시치로가 고함쳤습니다.

"나야말로 진절머리가 나. 난 계속 환자복에, 계속 침대 생 활이야. 어둠만 쭉 이어지는 것 같다고. 밤은 이제 정말 지긋 지긋해."

시치로가 말을 끝내지도 않았는데, 별안간 방이 전부 깜 깜해져 버렸습니다.

타쿠가 또 울음을 터뜨립니다.

"겁쟁이, 질질 짜지 말라니까!"

시치로가 소리치고 있을 때 어둠 속에서 두 개의 밝은 빛 이 조그맣게 보이기 시작했습니다.

그것은 눈입니다. 올빼미의 눈처럼 보입니다. 두 개의 눈은 금빛으로 빛나며 주위를 밝게 비춥니다.

타쿠가 울상을 지으면서도 손가락질합니다.

"봐, 딱따구리야."

"바보. 올빼미야."

"시치로 형은 거짓말쟁이야."

"고집쟁이, 넌 병에 걸렸다고 너무 응석받이로 자랐어."

올빼미가 타쿠의 침대 난간으로 날아와서 가라앉은 목소리로 말했습니다.

—— 거짓말쟁이도 딱따구리도 아니야. 진짜 올빼미라구. 어둠의 사자 올빼미.

타쿠는 작은 비명을 지르면서 자신의 침대에서 내려오더니 시치로의 침대로 달려왔습니다.

오지 말라고 혼내려다가 시치로는 입을 다물었습니다.

타쿠는 울면서도 자신의 링거 스탠드를 밀면서 오고 있습니다.

튜브에 연결된 팔을 높이 쳐들고 시치로의 침대로 기어오르려고 합니다.

타쿠의 호흡에서는 약 냄새가 나고, 목에서는 작은 새가 둥지라도 틀고 있는 것처럼 휴휴 소리가 나고 있습니다.

링거도 약 냄새도 꼬맹이 타쿠에게는 전혀 어울리지 않아.

시치로의 기억을 스치는 소리가 들립니다.

편지, 써 줄 거야? ……틀림없이 누군가가 퇴원할 때마다 되풀이했을 타쿠의 말.

저기, 간호사 누나. …… 자기 엄마를 간호사로 착각하여 부르는 타쿠의 목소리.

그리고 그렇게 불렸을 때 타쿠 엄마가 내는 쓸쓸한 웃음소리.

지금까지 시치로에게는 들리지 않았던 소리가 가까스로 귓가에 도착한 것 같았습니다.

시치로는 타쿠의 가는 팔을 붙잡고 가만히 침대로 당겨 올립니다.

병실 바닥이 저 아래로 멀어집니다.

두 사람을 태운 침대가 공중으로 떠오릅니다.

주위가 일제히 반짝거리기 시작합니다. 별이 무수히 빛나고, 그것이 서로 부딪쳐 방울 소리를 냅니다.

달이 바로 가까운 곳에서 은빛 불을 태웁니다. 은빛 불가루가 두 사람의 침대에 차곡차곡 쌓여 갑니다. 링거 튜브까지도 빛을 모아 방울방울 반짝거립니다.

── 만약 밤이 없다면 달도 별도 아무것도 없겠지.

올빼미가 노래하듯이 말했습니다.

── 어두우니까 보이는 거야. 달도 별도 보이는 거야. 어두운 것도 나쁘지 않아.

올빼미가 목을 빙그르르 회전시킵니다.

타쿠가 놀랐는지 작은 소리로 콜록거렸습니다.

시치로는 무심코 타쿠의 등에 손을 얹고 탁탁 두드렸습니다.

── 어두우니까 보이는 거야. 괴로우니까 보이는 거야. 어두운 것도 나쁘지 않아.

올빼미는 그렇게 말하고 둥근 부리를 딱딱 울립니다. 그리고 날개를 펼쳐 두 사람 주위를 푸드덕푸드덕 날았습니다.

── 빛이 있으면 어둠도 있지. 어두울 때는 눈을 크게 떠. 두 눈을 뜨기 무서우면 한쪽 눈만이라도.

올빼미는 날면서 한쪽 눈만 크게 뜨고 한쪽 눈은 꽉 감았습니다.

시치로와 타쿠는 침대 위에서 서로 작은 몸을 바싹 기댑니다.

어둠은 두 사람을 담요처럼 부드럽게 감쌉니다.

딸깍 소리가 나더니 주위가 눈부시게 밝아졌습니다.

새하얀 형광등 빛에 어둠은 단번에 쫓겨났습니다.

"어떻게 된 거니, 둘 다. 지금은 놀 때가 아닐 텐데."

간호사는 불빛 밑에서 허리에 손을 대고 두 사람을 노려보고 서 있습니다.

두 사람은 간호사 뒤쪽을 쳐다보았습니다. 벽에 비친 그림자를 보고 타쿠도 시치로도 눈을 크게 떴습니다.

그림자는 허리에 손을 대고 있지도 않고 두 사람을 노려보고 있지도 않습니다. 시커먼 그림자는 머리 양옆에 손을 대고 혀를 날름거리며 까꿍놀이를 하고 있습니다.

그리고 두 사람에게 손을 흔들더니 방구석의 어둠속으로 녹아들었습니다.

간호사는 타쿠를 자기 침대로 되돌아가게 한 다음 말했습니다.

"자자, 둘 다 눈을 감아라."

시치로는 한쪽 눈을 감고 타쿠를 보고 있습니다.

타쿠가 말했습니다.

"한쪽 눈만 이렇게 잘 감을 수 있어요. 올빼미만큼은 아니지만요."

이야기는 끝났다.

접수 직원이 묻는 것보다 빨리 내가 대답했다.

"지금 이야기도 제 것이 아니에요."

"아, 그래요. 유감이군요. 이번엔 맞을 거라고 기대했는데요."

"아니, 전 괜찮아요."

이 이야기는 좀 전의 그가 만든 게 아닐까, 추측해 보았다.

바닥에 떨어져 있었다고 거짓말을 하고 가져온 그 자신의 이야기일 것 같다는 생각을 왠지 떨칠 수가 없었다.

"이 이야기의 지은이는 '시치로'라는 이름이 아닐까요? 혹시 그것이 주인을 찾을 때 단서가 되지 않을까요?"

그의 이름을 알고 싶었던 것이다.

"으음, 글쎄요."

접수 직원은 신음을 냈다.

"지은이가 이야기 속에 자신의 이름을 쓰는 일은 별로 없을 것 같습니다만."

"후, 그렇지요."

어리석은 소리를 했다고 후회했다. 하지만 곧바로 "아, 맞아요." 하며 카운터에 양손을 짚고 몸을 앞으로 내밀었다.

"이야기를 주워 온 사람의 이름이나 주소를 어딘가에 기입하게 하진 않나요?"

"아니오."

냉담한 대답이었다.

"다들 그냥 놓고 가십니다."

그랬다. 나도 아직 이곳에서 이름을 말한 적이 없었다.

상대방이 내 속마음을 꿰뚫어 보고 있는 것 같아 갑자기 기분이 비참해졌다.

"이야기, 고마웠어요."

"이제 가 볼게요." 하고 일어섰을 때 발밑에 떨어져 있는 종이가 보였다.

주워 들어 보니 접은 자국이 누래져 있는 것이, 꽤 오래된 종이처럼 보였다.

꾸깃꾸깃했던 것을 반듯이 펴서 다시 접은 것 같았다.

펼쳐 보았다.

누군가의 이름과 주소가 쓰여 있다. 아이의 서투른 글씨이다.

엔도 타쿠. 타쿠는 조금 전 이야기에 나오는 아이의 이름과 같다.

깜짝 놀라서 카운터 건너편으로 종이를 밀어넣었다.

"이게 떨어져 있었어요."

"아, 고맙습니다."

"좀 전에 나간 사람이 떨어뜨린 것인지도 몰라요."

"아, 그럴지도 모르겠군요."

"그럼, 이걸 가지러 여기 다시 오지 않을까요?

그러나 접수 직원의 대답은 힘 빠지는 것이었다.

"잘 모르겠습니다."

"중요한 것일지도 모르잖아요."

"그렇다 해도 다시 오지 않을지도 몰라요."

"어째서요?"

"이야기를 다 쓴 것일지도 모르니까요."

"이야기 쓰기를 마치면 오지 않는다고요?"

"계속 마음에 걸리던 것을 이야기로 만들고, 그걸로 일단락을 짓는 경우도 있거든요."

나는 다시 의자에 털썩 주저앉았다.

"그래요."

"자신이 갖고 있는 것을 놓아 버리고 싶을 때가 있어요. 하지만 버릴 수도 없지요. 그럴 때는 누군가에게 맡기는 것이 제일이에요. 그래서 아무도 읽지 않는 이야기가 제법 들어오는 것이지요."

누구에게도 들려줄 생각이 없는 이야기, 자기 자신만을 위해 만들어진 이야기도 있다는 것이다.

"그러면 왠지 이야기가 가여운 것 같아요."

"어쩔 수 없지요. 어떤 것이든 태어나는 때가 있고 이후에

겨게 되는 운명이 있어요. 이야기도 마찬가지예요. 그 운명에
따라서는 알려지지 않는 이야기도 있을 수 있지요. 좀 씁쓸
한 마음이 드는 건 사실입니다만."

그것은 내게 하는 말이라기보다 아무도 모르는 이야기들,
습득담 대장에 철해진 채로 묵혀지고 있는 많은 이야기들을
달래고 위로하는 듯한 다정한 말투였다.

나는 물었다.

"좋은 이야기는 좋은 운명을 갖고 있을까요?"

"그렇다고만 단정할 수 없는 건 사람의 운명과 같지요."

"그럴까요?"

"그래서 제가 이렇게 될수록 많은 이야기를 들려주려고 하
고 있는 거예요. 설령 자신이 찾고 있던 것이 아니었다 해도
혹시 그 이야기가 친구가 될 수 있을지도 모르니까요. 격려
해 줄지도 모르고요."

나는 아무 말도 하지 않고 잠시 그 말에 대해 생각했다.
그러다 문득 생각이 나서 칸막이에 코가 달라붙을 정도로
가까이 다가갔다.

"이 종이, 역시 돌려주는 편이 좋지 않을까요?"

이야기 속이 아니라 현실에 타쿠라는 아이가 있었다는 증
거이다. 언젠가 그 아이를 만날 기대감을 갖고 소중하게 계
속 간직했던 것 같다.

설사 만나지 못한다고 해도, 주인은 이 종이 조각으로부터 힘을 얻고 있었는지도 모른다.

"그럼 죄송하지만……."

종이가 가만히 밀려나왔다.

"손님이 돌려주시지 않겠어요? 다음에 전철에서 만나게 될 때라도요."

생각지도 못했던 말에 깜짝 놀랐다.

"제가요?"

접수 직원은 태연하게 말했다.

"손님이 그러고 싶을 때 돌려주시면 됩니다."

나는 잠깐 망설이다가 종이를 천천히 끌어당겼다.

언젠가 그런 기회가 찾아온다면 그때는 직접 건네줄지, 결국 건네주지 않을지, 그건 잘 모르겠다. 아니, 그런 대담한 일이 내게 가능할 리가 없다. 생각만 해도 심장의 고동이 빨라진다.

만일 건네주는 데 성공한다 해도 상대를 성가시게 하는 것뿐일지도 모른다. 버리고 싶은 종잇조각일 수도 있으니까.

갈팡질팡하고 있는 내게 접수 직원은 말했다.

"받아들이든 찢어 버리든 그건 그분이 정할 일이지요."

그렇다.

나는 접은 선을 따라 한 번 더 공들여 접은 뒤에 전철 정기권 포켓 속에 살며시 집어넣었다.

접수 직원이 재미있다는 듯 미소를 짓고 있는 것처럼 느껴졌다. 나는 스스로도 놀랄 만큼 딱 잘라 말했다.

"언젠가 다시 만나면 건네줄게요."

나는 힘차게 의자에서 일어나 통로를 달려서 빠져나왔다.

일요일

s u n - d a y

파란 인어와 무당벌레

───── 　　　　또 분실물센터로 향하고 있다. 휴일에, 게다가 아직 이른 오전 시간에 창구가 열려 있을지 어떨지도 모르면서.

문손잡이를 돌렸다. 열쇠는 걸려 있는 것 같지 않았다.

나는 허리를 약간 구부린 자세로 주뼛주뼛 안으로 들어갔다. 접수창구 유리판에는 안쪽에서 커튼이 쳐져 있다.

좀 망설이다가 용기를 내어 칸막이를 똑똑 두드려 보았다.

"저어, 일요일은 쉬시나요?"

칸막이 틈을 향해 작은 소리로 물어보았다.

좀 떨어진 곳에서 대답이 돌아왔다.

"조금만 기다려 주세요."

발소리가 다가왔다.

"지금 엽니다."

전등이 켜지고 흰색 커튼이 젖혀졌다. 그러나 젖빛 유리이므로 사람의 그림자가 어렴풋이 보일 뿐이다.

탁탁탁 분주하게 여기저기 돌아다니는 소리가 들린다.

"곧 준비할게요."

"죄송해요."

"좀 기다리세요. 이야기가 도착했거든요."

"네. 기다릴게요."

안에서 사람이 움직이는 기척을 느끼면서 안심했다. 오늘도 이야기를 들을 수 있다고 생각하니 기뻤다.

그런데 이야기들은 어디에서 오는 것일까.

언젠가 그것을 질문했을 때 접수 직원이 당황한 것처럼 느껴진 적이 있었다.

이야기가 여러 곳에서 여기로 모여든다고 들었을 때의 일이다. 여러 곳이라면 어디어디를 말하는 것이냐고, 나는 무심코 물어보았다.

그러자 접수 직원은 왠지 좀 허둥대는 것 같았다.

이곳저곳의 전철 안이나 역 의자 등이라고 뜸을 들이며 대답해 주었지만, 칸막이 틈으로 보이는 손가락이 검은 만년필을 메트로놈처럼 불안하게 흔들고 있는 모습을 나는 놓치지 않았다.

전철이나 역이라면 어딘가로 이어진 선로 위에 있을 것이다. 도대체 어디어디를 연결하고 있는 선로인 것일까.

예를 들어 곧장 바다로 이어져 심해의 바닥에 도착하는 선로라든가 과거나 미래로 연결되는 선로가 있을지도 모른다. 그 도중에 이 역이 있어 잃어버린 이야기가 모여드는 것인지도 모른다.

그러나 바다니 과거니 대답할 수는 없으니까 접수 직원은 난감해 한 것이 아닐까. 그래서 불안하게 만년필을 만지작거릴 수밖에 없었던 것이 아닐까, 상상했다.

그 일이 있고부터 나는 이제 다시는 그런 질문은 하지 않겠다고 결심했다. 접수 직원을 난처하게 만들고 싶지는 않았다.

흠흠, 헛기침 소리가 들렸다.

이제 이야기가 시작되는 모양이다.

어느새 난로 속에서는 불이 시뻘겋게 타오르고 있었다.

놀랍게도 접수 직원에게 내 마음이 들킨 것일까. 그가 가만히 속삭였다.

이건 바다에서 도착한 이야기예요, 라고.

파 란 인 어 와 무 당 벌 레

어느 바닷가 마을에서의 일입니다.

항구로 이어지는 길에 선물 가게들이 늘어서 있었습니다.

그중 한 가게의 지붕 부근에서 작은 벌레가 춤추듯 내려 앉았습니다.

빨갛고 둥근 무늬가 두드러진 암컷 무당벌레였습니다.

무당벌레는 가게 앞에 달아맨 낡은 간판을 타넘었습니다.

'유리와 오르골 가게'라는 간판입니다. 그 밑에 금빛 글자로 '당신만의 맞춤형 오르골을 만들어 드립니다'라고 적혀 있습니다.

금속 실린더가 바닷바람에 쉽게 녹슬기 때문인지 오르골을 주로 판매하는 가게는 그곳뿐이었습니다.

무당벌레는 가게 안으로 향합니다.

오르골 노래가 조그맣게 흘러나오는 가운데 창가에 놓인 인형을 향해 곧장 날아갑니다.

"어서 와."

유리 인형이 말했습니다. 어른 손바닥 정도 크기의 인어 장식품입니다.

"다녀왔습니다."

무당벌레는 대답하고 나서 주위를 한 바퀴 돌았습니다.

바닷가에 인어는 흔하지만 이 인형은 좀 달랐습니다.

하반신은 물고기지만, 상반신은 여자가 아닌 소년의 얼굴을 하고 있습니다. 게다가 귀는 짐승처럼 끝이 뾰족하고, 흐트러진 머리카락 사이로 도깨비처럼 작은 뿔이 한 쌍 엿보입니다.

옆에 딸려 있는 소라에 기대어 꼬리지느러미를 뒤로 젖히고 있는 모습은 보는 사람의 마음을 술렁이게 만들었습니다.

그런데 오랫동안 팔리지 않고 있어서 도대체 언제부터 그곳에 있었는지 가게 주인조차도 알지 못했습니다.

소년 인어가 몸을 미세하게 앞으로 내밀며 묻습니다.

"오늘은 어디서 날아다녔어?"

무당벌레는 옆의 기둥에 앉았습니다.

"하늘."

"오늘 하늘은 어땠어? 예뻤니?"

"평소랑 같아. 흐릿하지 뭐."

무당벌레는 펴 놓았던 날개를 꼼꼼하게 접습니다. 날개를 접으면 시침바늘 머리만큼의 크기도 안 됩니다.

"그럼 마을은 어땠어?"

"그것도 평소와 같아. 너저분하지 뭐."

"그럼 산은?"

"안 갔어."

무당벌레는 날개를 다 접고 나서 빨간 무늬를 뒷다리로 빗질하듯이 매만졌습니다.

"어차피 가 봐도 시시하니까."

"그런가."

인어의 머리가 조금 기울어진 것 같습니다.

"넌 해님을 향해 날아가는 곤충*이라고."

"그래서 뭐?"

"해님처럼 세상을 두루 둘러볼 수 있잖아. 좀 더 여기저기 많이 다녀야지."

"세상 따위 안 봐도 괜찮아."

"어째서? 날개까지 갖고 있으면서."

인어는 이 가게밖에 모릅니다. 하늘도 마을도 산도 가고 싶지만 갈 수가 없습니다. 그래서 무당벌레의 자유로운 날개를 부러워합니다.

---

* 무당벌레를 일본어로 '天道蟲'이라고 한다. 무당벌레는 항상 위로 올라가는 습성이 있어 해를 향해 가는 것처럼 보인다. - 옮긴이 주

"어디든 갈 수 있잖아."

무당벌레는 쌀쌀맞게 말했습니다.

"꿈을 꾸던 때가 훨씬 좋았어."

무당벌레도 번데기였던 시절에는 새로운 세계를 동경했습니다. 그런데 실제로 날 수 있게 되자 현실은 달랐습니다. 흐릿한 하늘, 시끄러운 바닷가, 낡은 가게. 무당벌레에게 있어세상은 꿈꾸던 만큼 아름답지는 않았던 것입니다.

"어디를 가든 역시 똑같을 거야."

"그렇지 않아."

"여기서 수다 떠는 게 더 즐거워."

"안 돼. 너무 아깝잖아."

"여기 있으면 안 돼?"

"그게 아냐. 네가 여기 있는 건 좋지만……."

인어의 몸속에 빛이 스르르 흘렀습니다. 마음이 흔들리면 유리의 색이 조금 변합니다.

"좋지만……?"

무당벌레가 다가왔습니다.

그때입니다. 한 남자 고객이 성큼성큼 가게에 들어온 것은.

무당벌레는 황급히 전등갓 밑으로 숨었습니다.

남자는 가게 앞 간판을 보고 들어왔다고 주인에게 말합니다.

"'당신만의 맞춤형 오르골'이란 걸 만들어 주세요."

노래도 장식도 그 자리에서 선호하는 것을 골라 조합해 만들어 준다는 것이 '당신만의 맞춤형 오르골'이라는 광고의 의미였습니다.

발레리나나 음악가의 인형을 오르골 받침대 위에 붙이고 실린더 나사를 돌리면 인형이 노래에 맞춰 빙글빙글 회전하는 장치입니다.

주인의 안내를 받아 남자는 선반을 둘러보았습니다.

"노래는 이미 정해 놓았고, 인형은 이걸로 하지요."

그가 가리킨 것은 소년 인어였습니다. 특이해서 마음에 든다는 것입니다.

돌아가는 배의 출항 시간이 촉박하니 서둘러 만들어 달라고 손님은 가게 주인을 재촉했습니다.

주인은 망설였습니다. 선택한 오르골 기계에 비해 인형이 처져 보였기 때문입니다.

"기계에도 장식물에도 격이라는 게 있는데, 서로 조화를 이루는 것끼리 맞춰 넣는 것이 좋지 않을까요?"

그러나 손님이 그 제안을 받아들이지 않았기 때문에 주인도 작업을 계속 진행할 수밖에 없었습니다.

오르골 받침대 위에 인어가 풀로 붙여졌습니다. 그리고 덮개만 씌우면 완성되는 순간의 일입니다.

별안간 무당벌레가 날아와서 인어 옆에 있는 소라 속으로 살며시 몸을 감추었습니다.

주인은 미처 보지 못하고 덮개를 빈틈없이 씌웠습니다.

이렇게 해서 무당벌레는 돔형 플라스틱 덮개 속에 유리 인어와 함께 갇히고 말았습니다.

상자에 넣어진 오르골은 남자 품에 안겨 마을로 향하는 배에 태워졌습니다.

배는 곧 바닷가 가게를 뒤로 하고 부두를 떠났습니다.

배는 바다를 건너갔습니다.

오르골 상자는 좁은 선실의 탁자 위에 놓여 있었습니다.

상자 틈에서 플라스틱 반구 속의 희미한 빛이 새어나오고 있습니다.

무당벌레는 소라 속에서 기어 나왔습니다.

"겨우 조용해졌군."

인어 소년은 그 말에는 대답하지 않고 "왜?" 하며 유리에 그려진 검은 눈으로 빤히 바라보았습니다.

"왜 여기로 뛰어들었어?"

"뭐, 나쁠 것 없잖아."

무당벌레는 홱 돌면서 둥근 엉덩이를 인어에게 향합니다.

"어차피 바깥세상은 뻔히 다 알고 있는걸 뭐. 이 속에서 지내는 것과 별로 다르지 않다고."

인어의 몸에 어두운 빛이 비쳐 파란 유리가 흐려졌습니다. 그 빛깔이 너무나도 슬퍼 보여서 무당벌레는 당황했습니다.

"난 괜찮아."

붕붕 춤을 추며 플라스틱 반구 속을 돌아다녔습니다.

"여기서도 충분히 행복하다고."

"말도 안 되는 소리 마."

감금된 곤충의 앞날에 희망이 있을 리 없습니다.

인어의 투명한 몸에서 투명한 눈물이 방울방울 솟아올라 흘러넘칩니다.

무당벌레는 부르짖었습니다.

"제발 울지 마!"

유리와 눈물은 닮았습니다. 무당벌레는 눈물이 흘러나올수록 인어의 몸이 점점 녹아 버릴 것 같아 안절부절못했습니다.

"눈물 때문에 내 몸이 잠겨 버릴지도 몰라."

그 말을 듣자 인어의 유리 심장이 철렁 소리를 냈습니다.

그리고 허둥지둥 눈물을 거두었습니다.

그런데 사실 무당벌레는 이렇게 체념하는 마음도 있었습니다. 인어의 눈물에 빠져 죽는다면 그것도 그런 대로 괜찮다고.

갑자기 오르골 상자가 둥실 떠올랐습니다. 그리고 잠시 달그락달그락 흔들리다가 눈이 시릴 정도로 밝은 빛 속으로 나아갔습니다.

눈앞에 바다가 펼쳐져 있었습니다. 아무래도 배의 갑판 같습니다.

남자가 변덕을 부려 오르골을 갑판으로 가지고 나온 것입니다. 그리고 콧노래를 흥얼거리며 바다에 면한 난간 위에 놓았습니다.

남자는 오르골의 태엽을 힘차게 감았습니다.

음악이 흘러나옵니다. '라 캄파넬라'라는 아름다운 곡입니다.

멜로디에 맞춰 인형이 빙글빙글 돕니다. 바다와 하늘 한가운데서 유리 인어는 춤추고 있습니다. 정말 아름다워! 무당벌레는 소라 그늘에서 그 광경을 보고 살짝 한숨지었습니다.

노래의 리듬이 바뀌었을 때입니다. 배가 밑에서부터 밀어 올려져 뱃머리가 위쪽을 향했습니다. 높은 파도에 부딪친 것입니다. 이후 선체가 낙하하면서 갑판이 크게 기울자 남자는 황급히 오르골을 향해 손을 뻗었습니다.

그러나 이미 때는 늦었습니다.

오르골은 반짝반짝 빛을 내면서 바다로 떨어졌습니다.

오르골은 잠시 동안 파도 사이로 이리저리 밀려다녔습니다.

덮개가 어지간히 잘 만들어져 있는지, 다행히 바닷물이 스며든 것 같지는 않았습니다.

그런데 공기가 들어 있다고는 하지만 전체를 수면 위로 띄울 만한 양은 아닙니다. 금속 실린더는 견고하게 만들어진 만큼 묵직하고 그에 비해 덮개는 빈약했습니다. 오르골은 천천히 바다 속으로 가라앉기 시작했습니다.

무당벌레는 플라스틱 안쪽에 찰싹 달라붙어 있었습니다.

노래는 이미 들려오지 않는데도 회전이 멈추지 않아 인어는 아직 계속해서 춤추고 있습니다.

이윽고 파도의 포말도 사라지고 차츰 바다는 고요해졌습니다.

위쪽에서 작은 물고기 떼가 스쳐 갑니다.

밑으로 가라앉을수록 파란 바다 빛깔이 점점 진해집니다.

옥색에서 파랑으로, 파랑에서 쪽빛으로.

태양은 아득히 먼 위쪽, 파도의 천장에서 전등처럼 작고 둥글게 빛나고 있을 뿐입니다.

오르골은 춤추는 인어를 품은 채 조용히 가라앉고 있습니다.

얼마나 가라앉았을까요. 오르골은 바닷물을 타고 흘러가다 모래에 묻히면서 가까스로 멈추었습니다. 바다 밑바닥은 완만하게 아래쪽으로 경사져 있는데, 해저 골짜기가 얼마나 깊은지 짐작도 할 수 없습니다.

인어도 태엽이 다 돌아가서 겨우 회전을 멈추었습니다. 움직이는 것이 없어지자, 바다 밑에서는 아무 소리도 들리지 않았습니다.

주위는 깜깜한 어둠이 아니라 해질 녘과 같은 신비한 어둠에 싸여 있습니다.

"어둑어둑하네."

무당벌레가 간신히 입을 열었습니다.

"중간 지대라는 곳이야."

인어가 대답했습니다.

"무슨 말이야?"

"바다의 한 영역을 의미하는 거야. 언젠가 가게에 온 어부가 말했어. 아마도 이런 어스름한 어둠으로 덮여 있는 정도의 깊이를 뜻하겠지."

유리 인어는 오랫동안 가게에 놓여 있었기 때문에 여러 가지를 알고 있었습니다. 어디에도 가지 못하는 만큼 사람들의 이야기를 듣는 것이 즐거움이었던 것입니다.

무당벌레는 조심조심 주위를 둘러보았습니다.

"조용하네."

그런데 무당벌레가 응시하는 곳에 무언가 하얀 물체가 두 둥실 떠돌고 있었습니다.

"저건 뭐지?"

무당벌레의 불안한 목소리에 인어 소년이 소리를 낮춰 가르쳐 줍니다.

"아마 유령해파리일 거야."

"유령? 그럼 저쪽에 빛나는 건?"

"아마도 귀신아귀가 아닐까."

"귀신?"

무당벌레는 몸을 떨었습니다.

"유령이니 귀신이니, 무서운 것뿐이네."

"그렇게 불리는 것뿐이지. 쟤들이 나쁜 건 아니야."

"그래도 기분이 안 좋아."

"나도 도깨비인어라고."

이 유리 인어에게는 뿔이 달려 있는 탓에 도깨비라 불리기도 했습니다. 제작자는 장난이었는지 모르지만, 인어를 손에 들었던 손님들이 기분 나쁜 표정으로 선반에 되돌려 놓는 것은 뿔 때문이었습니다.

그때마다 가게의 인형들은 함께 낄낄거리거나 심술궂은 눈짓을 주고받았습니다.

"미안해."

"괜찮아."

"도깨비랑 전혀 닮지 않았는데."

가게의 인형들이 아무리 싫어해도 무당벌레는 인어가 좋았습니다.

작고 보잘것없는 자신에게 말을 걸어 준 것은 이 인어뿐이었습니다. 그래서 인어와 절대로 헤어지기 싫어서 오르골 안으로 날아든 것입니다.

설사 영원히 갇힌다고 해도 함께 있을 수 있다면 상관없다고 결단을 내린 것입니다.

무당벌레는 이런 상념에 잠겨 있었기 때문에 커다란 물고기가 바로 옆으로 다가오는데도 전혀 알아차리지 못했습니다.

주름상어는 상어의 일종으로, 살아 있는 화석이라 불리는 고대어입니다. 평소에는 깊은 바다에서 살다가 가끔씩 얕은 바다로 올라가곤 합니다.

그 고대어가 기다란 얼굴을 오르골 쪽으로 불쑥 들이민 것입니다.

해룡 전설의 기원이 되었다고 할 만큼 큰 물고기입니다. 무당벌레는 깜짝 놀라서 허둥지둥 소라 껍데기 속으로 몸을 감추었습니다.

상어가 인어에게 말했습니다.

"너, 위에서 왔어?"

"네."

인어가 대답했습니다.

"위에는 천사가 있니?"

"천사요?"

"천사가 물고기들을 구원해 주니?"

"구원요?"

인어는 반문합니다.

"구원이라면……, 그물로, 말인가요?"

고대어는 상어 특유의 동그랗고 멍한 눈을 크게 뜨고 있을 뿐입니다.

"저, 혹시 천사가 아니라 어부를 말씀하시는 거 아닌가요?"

상어는 인어를 응시합니다.

"그 어부라는 존재가 물고기를 구원해서 천국으로 데려다 주니?"

어쩌다 그물에 걸리는 심해어가 있다고 어부가 들려준 이야기를 인어는 떠올렸습니다.

그들 대부분은 금세 죽어버린다고 합니다.

"아마 천국으로 데려갈지도 몰라요."

인어는 잠시 머뭇거리다가 말했습니다.

"그래도 따라가지 않는 편이 나을 것 같아요."

"그래?"

"훨씬 위, 하늘의 훨씬 위쪽이라면 천사가 있을지도 모르지만요."

"하늘이 뭐지? 훨씬 위라고?"

그때까지 숨어서 듣고 있던 무당벌레가 소라 껍데기에서 머뭇머뭇 얼굴을 내밀었습니다. 두려움보다 호기심이 앞섰던 것입니다.

"저어, 당신은 여기 바다 밑에 살고 계신가요?"

"훨씬 밑이야."

"훨씬 밑이라니, 어떤 곳이에요?"

"듣고 싶어?"

고대어는 몸을 뒤틀었습니다. 겹겹으로 포개진 아가미가 목을 둘러싸고 있어 마치 옷깃에 프릴을 달아 몸치장을 한 것처럼 보입니다.

"어둡고 차갑고 소리가 없는 곳이지."

주름상어는 천천히 꼬리지느러미를 흔듭니다.

깊고 광활한 바다 밑에 마린 스노*가 쌓여 있는 암흑의 세계가 있다고 주름상어는 말했습니다.

푸르스름하게 빛나는 물고기, 불꽃처럼 빛을 내는 해파리, 삼천 년이나 산다는 황금산호 등에 대하여 주름상어는 이야기를 들려주었습니다.

"너무 신기해요."

무당벌레는 자신이 아주 작고 보잘것없는 존재로 여겨졌습니다. 이 바다 저 밑에는 전혀 다른 세상이 아득하게 펼쳐져 있고, 거기에는 수억 년이나 변함없이 종족을 보존해 온 고대어가 살고 있다는 것입니다. 그런데 자신은 플라스틱 케

---

* marine snow : 얕은 바다에서 심해까지 죽은 플랑크톤이 흰 눈처럼 내려앉는 현상. - 옮긴이 주

이스 속에서 세계를 다 지켜본 것처럼 우쭐대고 있었던 것입니다.

"네가 사는 곳은 어때?"

주름상어가 묻는데도 무당벌레는 멍하니 있을 뿐입니다.

"넌 왜 대답을 안 하는 거지?"

인어가 당황하여 옆에서 끼어들었습니다.

"천국에서 조금 아래쪽에는 하늘과 산이 있어요. 하늘에는 태양이 있고 구름이 흘러가지요. 새가 노래를 부르고요. 산에는 가지각색의 꽃이 피어요. 꽃 주위에는 나비가 날아다니지요."

그러고 나서 갑자기 슬픈 표정을 지었습니다.

"제가 직접 본 건 아니지만요."

주름상어는 그 말을 듣고 둥근 눈이 더욱 둥그레져서 플라스틱 케이스 속을 들여다보았습니다.

"넌 안 봤다고? 넌 보지 않고도 말을 하는 거냐?"

지느러미가 곤두서 있습니다.

"넌 마치 그것들을 본 것처럼 거짓말을 하는구나."

주름상어는 커다란 입을 벌리기 시작했습니다.

"내게 거짓말을 하다니!"

그 모습을 보고 깜짝 놀란 무당벌레는 허둥지둥 날개를

펴고 붕 날아올랐습니다. 그리고 플라스틱 덮개 속을 뱅글
뱅글 돌며 소리쳤습니다.

"거짓말이 아니에요. 이 위에는 진짜 넓은 세상이 있다고
요!"

죽을힘을 다해 호소했습니다.

"당신이 모르는 세상은 밝고 바람이 불고 꽃이 피지요. 거
짓말이 아니라고요!"

그랬습니다. 자신이 있던 세상은 정말 아름다웠습니다.

무당벌레는 뒤늦게 깨달았던 것입니다.

다음 순간 무당벌레는 밑으로 떨어지고 말았습니다.

깊은 바닷속 세상의 이야기를 듣고 머리가 멍해진 탓이라
고 생각했지만, 사실은 더 나쁜 일이 일어난 것입니다. 공기
가 부족해져서 몸을 움직일 수 없게 된 것이지요.

이후의 일을 무당벌레는 잘 기억하지 못합니다.

유리 인어가 무언가를 외친 일, 주름상어가 오르골을 커
다란 입으로 덥석 문 일, 그리고 그대로 계속해서 위쪽을 향
해 올라간 일. 그 모든 일이 띄엄띄엄 떠오를 뿐, 무당벌레에
게는 꿈속에서 일어난 일 같습니다.

분명히 기억하고 있는 것은 고대상어의 억센 턱이 플라스
틱 케이스를 깨물던 순간뿐입니다.

안에 들어차 있던 공기가 깨진 케이스를 밀어 올려 사발을 엎은 모양으로 위쪽을 향해 올라가고 있습니다. 무당벌레가 그 안에 들어 있던 것은 굉장한 행운이었습니다.

큰 물거품, 작은 물거품이 진주를 뿌린 듯이 주위로 흩어져 가고, 그것들이 모두 위로 위로 올라가고 있습니다.

옥빛 천장에 그물망 모양의 빛이 반짝거리며 흔들리고 있습니다.

그러나 반대로 무거운 오르골 실린더 쪽은 유리 인어를 장착한 채 가라앉고 있습니다.

무당벌레는 흐릿한 눈으로 그 광경을 바라보고 있을 뿐이었습니다. 그러면서 '인어는 참 아름답구나!' 하고 감탄하고 있었습니다.

파란 유리로 된 맑은 피부도, 초록색으로 염색된 곱슬머리도, 비죽 튀어나온 뿔마저도 너무나 아름답다고 한숨지을 뿐이었습니다.

인어도 그런 무당벌레를 마주 바라보고 있습니다. 순진하고 귀여운 소년의 얼굴은 늘 그랬듯이 미소 짓고 있습니다.

무당벌레가 마지막으로 기억하고 있는 것은 인어가 자신을 향해 손을 흔드는 모습이었습니다.

부드럽게 흔들리는 손은 서서히 작아지더니 이윽고 짙푸

른 색에 섞여 보이지 않게 되고 말았습니다.

다음 순간 파도 위에서 플라스틱 반구가 뒤집어지더니, 거품이 탁 터지며 무당벌레는 힘차게 공중으로 던져졌습니다. 그때 자기도 모르게 날개를 펼쳐 날아오를 수 있었던 것은 이 곤충이 원래부터 갖고 있던 삶에 대한 강한 의지 덕분이었습니다.

항구가 시야에 들어왔고 바다 가까이 산도 보였습니다. 나무가 우거지고 꽃이 피어 있는 새로운 세상이었습니다.

무당벌레는 그곳을 향해 열심히 날아갔습니다.

무당벌레는 마치 태양으로 향하는 길이 나 있는 것처럼 무지갯빛 날개를 펴고 마음을 모아 힘껏 날아갔습니다.

그 뒤로 주변 해안에서는 파도가 잠잠한 밤에는 바다 속에서 오르골 소리가 들려온다는 이야기가 전해지고 있습니다.

달 밝은 밤에는 푸른빛이 나는 작은 소년이 헤엄치고 있는 것을 보았다는 소리도 들려왔습니다.

달빛 아래 그 모습이 보였다는 것입니다. 작은 뿔이 달려 있는 신비로운 아름다움을 지닌 인어였다고 합니다.

바닷속에서 유리 인어는 자유로워졌는지도 모릅니다.

그리고 마린 스노가 내리는 심해에서 주름상어를 위해 가끔씩 춤을 추고 있는지도 모릅니다.

무당벌레는 늘 바다를 보면서 그렇게 생각했습니다.

이것이 바다에서 전해진 이야기의 전부입니다.

접수 직원이 습득담 대장을 닫을 때 바다 냄새가 훅 끼쳐 오는 것 같았다.

나는 기억을 떠올리고 있다.

어린 시절 바닷속으로 잠수해 들어가는 기차를 상상했던 일을.

선로는 모래톱에서 곧장 바다로 이어져 있고, 기차는 바다 밑을 빠르게 달려간다.

창 밖에는 물고기랑 해파리가 헤엄치고 새우랑 오징어가 손을 흔드는 멋진 기차. 그런 기차에 타 보고 싶었다.

말도 안 되는 꿈이다. 하지만 바보 같은 꿈이라고 단정해 버려선 안 된다고, 지금은 깨닫기 시작하고 있다.

그 꿈을 잊지 않았던 사람들이 바다에 터널을 파고 해저 기차를 실현시켰으니 말이다.

'어떤 미래라도 먼저 꿈이 있어야 열린다'라는 말은 바로 이런 의미일 것이다.

고개를 들자 창문에서 들어온 햇빛이 눈을 찔렀다. 빛이 속눈썹에 머물러 시야가 순간적으로 흐려졌다.

꿈이 이루어진다니, 마치 마법을 믿는 것과도 같다.

그러나 그 순간엔 꼭 마법에 걸린 것 같았다.

"이것이 손님이 쓴 이야기였습니까?"

접수 직원의 목소리가 들렸다.

내 이야기인 것 같다는 생각이 들었다. 하지만 내가 만든 이야기냐고 묻는다면 그렇지는 않다고 대답할 수밖에 없다.

"아닌 것 같아요."

"알겠습니다."

나는 고개를 들었다.

"제가 전에 살던 집은 바다 근처에 있었어요."

"아아, 그래요? 부럽군요."

접수 직원은 전에 없이 들뜬 목소리였다.

"산에 둘러싸여 있다 보면 드넓은 바다를 동경하게 되지요. 바다는 멋져요. 정말 근사해요."

지나친 칭찬에 기분이 좋아진 파도가 지금이라도 발밑으로 찰싹찰싹 밀려들어올 것 같다.

"바닷가 생활은 어땠어요?"

"어릴 땐 즐거웠어요."

"어릴 때만요?"

"네. 좋았던 건 초등학생 때까지고, 중학생이 되고 나선 더이상 즐겁지 않았어요."

"중학생 때 바다에 빠지기라도 했나요?"

"설마요."

"그럼, 좋은 않은 일이라도 있었어요?"

올곧은 말투에 이끌려 대답해 버렸다.

"저도 나빴다는 생각이 들어요. 조금만 안 좋은 일이 있으면 자신의 껍데기에 틀어박혀 나오려 하지 않았어요. 다른 사람은 모르겠지만, 제 경우는 남의 탓이 아니었던 것 같아요."

일단 말로 표현해 보니 이것뿐이었다.

넘실거리는 물결과 성난 파도는 설명할 수 있어도 그 밑으로 이어지는 깊고 어두운 바다까지는 충분히 설명할 수 없을 것 같다. 내 경우는 정말로 전하고 싶은 것이 있으면 한 자 한 자 글자로 적어 나갈 수밖에 없다. 결코 매끄럽다고 할 수 없는 혀끝을 조종하는 것보다는 조금은 더 잘할 수 있을 것 같다.

접수 직원은 잠시 침묵하고 나서 입을 열었다.

"날아갈 수 있어서 다행이에요."

"네?"

"무당벌레요. 결국은 새로운 세상으로 날아갈 수 있어서 잘됐다고요."

"네."

바깥세상 따위 뻔하다, 플라스틱 케이스 속과 별반 다르지 않다며 날개를 접은 그 조그만 무당벌레 말이다.

나는 어깨뼈 부근이 간지러워졌다.

얇은 무지갯빛 날개가 지금이라도 남몰래 돋아날 것 같았다.

"그런데 그 곤충이 새로운 곳에서도 잘 살아갈 수 있을까……?"

나는 무심코 중얼거리고 있었다.

"그럼요. 틀림없이 잘 살아갈 거예요."

이처럼 격려를 받으니 왠지 잘 헤쳐 나갈 수 있을 것 같다. 칫, 무당벌레도 아니면서.

"그래도 너무 제멋대로 군 것 같긴 해요."

이번에는 반성까지 하고 있다.

"마음대로 인어를 좋아하고 마음대로 곁에 머무르고, 인어는 성가셨을지도 몰라요."

"제멋대로, 라고요?"

접수 직원은 잠시 망설인 뒤 낮은 소리로 말했다.

"누군가를 좋아한다는 건 원래 제멋대로인 것이 아닐까요?"

그 말을 들으니, 왠지 가슴이 뜨거워졌다.

"손님도 언젠가 반드시 알게 될 겁니다."

언젠가가 아니라 벌써 알고 있다고 대답하고 싶었다. 전철에서 만난 사람을 자주 생각하고 있으니까. 그러나 물론 그런 말은 할 수 없었다. 나는 인어 이야기로 말을 돌렸다.

"인어가 행복해지면 좋겠어요."

유리 인어가 행복해지길 바라는 마음은 진심이었다.

그러고 나서 보니 나도 모르게 또 혼잣말을 중얼거리고 있었다.

"왜냐하면 자유로워졌으니까요. 오래 전부터 인어는 자유로워지고 싶었을 거예요."

"그럼요. 틀림없이 행복해졌을 거예요."

"네."

접수 직원은 미소 짓고 있다는 것을 충분히 알 수 있는 목소리로 대답해 주었다.

"손님이 만든 이야기도 빨리 찾게 되면 좋겠군요."

도대체 나는 무엇을 찾으러 여기 와 있었지.

잃어버린 이야기를 찾고 있었다.

그러나 어쩌면 나는 이야기를 잃어버린 것이 아닌지도 모른다.

잃어버린 것이 아니라 아직 만들지 못했는지도 모른다.

그렇게 생각하니 왠지 가만히 앉아 있을 수가 없었다.

나는 의자에서 일어서서 칸막이를 향해 깊숙이 고개를 숙였다.

"이야기를 많이 읽어 주셔서 고맙습니다."

의자를 끄는 소리가 나서 상대방도 일어선 것을 알았다. 젖빛 유리에 희미한 그림자가 움직이며 머리를 숙이는 것이 보였다.

"그만 갈게요."

"그래요."

"안녕히 계세요."

나는 문을 열었다.

등 뒤에서 "안녕히 가세요." 하는 소리가 들렸다. 정다운 그 목소리에 뒤를 돌아보고 싶어졌지만 나는 그대로 앞을 향해 걸었다.

통로를 빠져나왔다.

밖은 밝았다.

산에 둘러싸인 이 역은 해가 드는 시간이 짧아 분실물센터에서 나올 무렵에는 대개 어둑어둑했다. 이런 이른 시간에 이곳을 나온 것은 처음이었다. 눈이 부셔서 무심코 눈을 깜빡였다.

시간은 충분하다. 오늘은 좀 멀리 나가 보자는 생각이 들었다.

역 개찰구로 들어가 아래쪽 승강장으로 향했다.

이 역에서 더 앞으로는 아직 가 본 적이 없다.

늘 다니는 방향과 반대쪽에 또 하나의 긴 터널이 있고, 그곳을 빠져나가면 산을 넘을 수 있다고 한다.

산을 넘은 곳에는 여기보다 좀 더 번화한 도회지가 있다고 들었다.

승강장에 서서 위를 보았다.

머리 위에 펼쳐진 겨울 하늘은 공들여 닦은 것처럼 선명한 파란빛이다.

작은 새가 수직으로 날아간다. 하늘 저 높은 곳에서 삑삑 울음소리가 들려온다. 하늘의 유리를 날개로 부지런히 닦고 있는 소리 같다.

반대편 승강장에 상행 전철이 들어온다.

벤치에 앉아 있던 사람들이 천천히 일어서서 전철에 올라탄다.

창문 중 하나에 언젠가 전철 안에서 만난 할머니와 매우 닮은 얼굴이 있었다. 또 바로 옆 창문에서는 소녀와 작은 남자아이, 그리고 무릎덮개를 빌려준 여자의 모습까지 보인 것 같았다.

소녀는 이쪽을 향해 익살맞은 표정을 지으며 웃고 있다. 여자는 미소 지으며 고개를 숙이고, 남자아이는 작은 손을 흔들고 있다.

어리둥절해 있는 사이 벨이 울렸다. 문이 닫히고 순식간에 전철은 가 버렸다.

이제 상행 승강장에는 아무도 없었다.

역 이름이 적혀 있는 법랑 재질의 판자를 올려다보았다. '유메미노'라는 글자가 박혀 있다.

나는 이번에야말로 나 자신의 이야기를 만들어 보겠다고 결심했다.

내가 만든 이야기가 언젠가 다른 사람에게 읽혀지면 좋겠지만, 그렇지 않아도 상관없다.

이 세상 안에 섞여 있는 아름다운 것들을 많이 찾아내고 싶다.

숲 속에 묻혀 있는 것, 바람과 함께 실려가 버리는 것, 즐거운 것과 슬픈 것, 품위 있는 것 등을 끄집어내고 싶다. 그것들을 추려 낸 뒤에 언어의 실로 자아 이야기라는 옷을 지어 주고 싶다.

아니면 사람들이 부주의하게 떨어뜨리고 간 것, 돌에 섞여 짓밟힌 것, 그 속에 있는 고귀한 것들을 주워 내고 싶다. 양손으로 살며시 건져 올려 다시 한 번 세상 속으로 전해 주고 싶다.

그것이 지금의 내 꿈이다.

산을 따라 선로가 이어져 있다.

여기서 다른 여러 곳으로 이어져 있는 선로이다.

원하기만 하면 아마도 어디로든 갈 수 있을 것이다.

벨이 울리며 산 저편에서 천천히 전철이 다가왔다.

꿈꾸는 역 분실물센터

초판 1쇄 인쇄 2018년 10월 5일
초판 1쇄 발행 2018년 10월 10일

지은이 안도 미키에
옮긴이 최수진
펴낸이 양동현
펴낸곳 나들목
　　　　주소 02832, 서울 성북구 동소문로13가길 27
　　　　전화 02) 927-2345 팩스 02) 927-3199

ISBN 978-89-90517-98-2 / 03830

＊잘못 만들어진 책은 구입한 곳에서 바꾸어 드립니다.

www.iacademybook.com

이 도서의 국립중앙도서관 출판시도서목록(CIP)은 e-CIP홈페이지(http://www.nl.go.kr/
ecip)와 국가자료공동목록시스템(http://www.nl.go.kr/kolisnet)에서 이용하실 수 있습니다.
CIP제어번호 : CIP2018029952